AF445579

ESTIGMA
EDICIONES

Las Necesidades de la Carne

J. J. MASON

ANTOLOGÍA

A mi esposa: gracias por decir que sí
A mi hijo: gracias por llegar
A mi madre: gracias por la vida
A mi padre: gracias por el ejemplo del trabajo duro
A Dios: gracias por todo

Chorros de jabón

Azotas otra vez la prenda en el lavadero, la tallas, la restriegas, la enjuagas. Raspas con las uñas la mezclilla. Te concentras en la mancha más grande, en la que empieza en la base del bolsillo derecho y se sigue hasta la bastilla. Notas que los dedos te duelen, y las muñecas, y que los antebrazos te arden. Pero más notas que la mancha no sale, que sigue tan viva como cuando te quitaste el pantalón y lo echaste al lavadero. Más agua, piensas. Más jabón. Antes de hundir la jícara en la tina y echar el agua sobre la ropa, retiras de la yema del meñique una de las astillas que se te incrustó hondo. Al hacerlo, un crujido bofo te llega a los oídos a manera de recuerdo, y te parece ver a aquellos hombres en posición fetal cubriéndose el rostro, suplicando. Sacudes la cabeza. Respiras. Avientas un puño de detergente sobre el pantalón y con lo que queda de la barra Zote friegas hacia atrás y hacia delante. Los palos que sostienen el lavadero rechinan, y el lavadero escupe chorros de espuma en todas direcciones.

Te punzan las manos, los hombros y las sienes. Los ojos te arden, quizás por el jabón que te ha brincado a la cara o por el sudor que te escurre de la frente, o por el llanto, o por la rabia. O por la angustia de saber que ella lo vio todo, que ella te vio así, que te vio hacerlo. Las piernas te tiemblan, también el pecho. ¿Qué hicimos? Repites las preguntas que te acompañaron de camino a casa mientras ella guardaba silencio y te apretaba fuerte la mano, y te esquivaba la mirada, y temblaba. ¿Qué hice? Las preguntas llegan con un ruido lejano, como de sirenas, como de patrullas, y con el viento que sopla en el corral y que sacude las plantas de las macetas y las ramas del guayabo. Lo que se tenía que hacer. Endureces el ceño y remarcas la sentencia que dieron los otros padres al entrar a aquel salón y ver las veladoras y oler el incienso; al mirar a sus hijos hincados, desnudos, rezando *el credo*; persignándose y golpeándose el pecho frente a los hombres de túnicas blancas que los tocaban y babeaban. Dejas de tallar y das dos pasos hacia atrás. Vuelves a mirarte las manos: las marcas que te dejó el madero con el que los golpeaste siguen allí, se notan a pesar de lo enrojecido de la piel y de los restos de jabón. Luego te miras la blusa. También está manchada. Te la quitas y la arrojas sobre el pantalón; viertes el agua que queda en la tina. Sientes ganas de vomitar; te arqueas a un lado del lavadero y vomitas. ¿Estás bien, mami? La voz de Isabel te hace girar. Te mira por unos segundos desde la puerta de la cocina con un pantalón limpio en una mano y con tus sandalias en la otra. Luego agacha la cabeza y mira al suelo. Te incorporas y caminas hacia ella. Estoy bien, hija, dices y le recibes el pantalón y te calzas las sandalias. El viento te hace tiritar, notas que a ella también. ¿Y tú? Te acuclillas, le buscas los ojos. ¿Estás bien? Dice que sí, cruza los brazos. Se muerde el labio inferior y con gesto triste pregunta: ¿Lo que pasó fue mi culpa? La tomas de los hombros y la sacudes. ¡No!, le dices. ¡No pienses eso! Después la abrazas y le besas la frente. Le pides perdón por haberla dejado ahí todas esas tardes de viernes y sábado, todas esas mañanas de domingo. No fue tu culpa, reiteras y le limpias la nariz con la pernera del pantalón que acaba de darte. Ella guarda silencio. ¿Mami?, dice al fin. ¿Dios me va a seguir queriendo? Ellos decían que sólo así le gustábamos: cuando nos quitábamos la ropa y éramos obedientes. Se te van las palabras, y sientes cómo un calor que te sube desde alguna parte te hincha las venas. ¿Y si Dios ya no me quiere, mami? Aprietas los puños. Quieres tener de nuevo el madero en forma de cruz en tus manos y a aquellos hombres a su alcance. Ellos decían que en el catecismo… ¡No! Le sellas los labios con la yema del dedo. Olvida lo que te dijeron, Isabel. Olvídalo todo. La abrazas fuerte. Después le dices: Ya no vas a hacer tu primera comunión, hija. Su rostro palidece. Pero… agregas en cuanto ves que una lágrima rueda por su mejilla. Te aseguro que Dios te sigue queriendo. Ella moquea, te mira y mira al cielo. ¿Tú crees, mami? Su rostro contraído trae a tu mente el recuerdo de los bultos de yeso y de los jarrones de bronce con los que se armaron los otros padres de familia; las salpicaduras en las paredes y en los cuadros, los gritos. Y de pronto sientes el mismo alivio que cuando aquellos hombres dejaron de moverse; cuando viste que las túnicas que los envolvían ya no eran blancas. Sí, hija. Sonríes y le acomodas con cuidado el flequillo. Y no te preocupes por eso. Recargas su cabeza en tu hombro y le susurras: Te juro con mi vida que Dios te va a seguir amando tanto como yo.

Los Colores del Arcoíris

16 de junio.

...En el avance de las noticias locales, Jessica Daniela se suma a la lista de los menores desaparecidos. Las autoridades están...

—Mira, mira, papi —los gritos de Ariana repicaron por sobre la voz de Raúl Badillo, el presentador de noticias de la cadena local quien, tal como había hecho con los otros casos, estiraba la nota de la desaparición de Jessica mientras el canal mostraba en primer plano una fotografía de la pequeña—. Ella iba en mi escuela —agregó Ariana dando de brincos, y sin dejar de apuntar al televisor.

—Ari, ¿qué te he dicho? —Julio pasó de la cocina a la sala—. Te llamo luego, compadre —terminó la llamada, dejó el teléfono sobre la mesita de centro y de ahí mismo tomó el control de la tele y cambió de canal.

—Pero papá, yo la conocía —retomó Ariana.

—Pero papá, nada —dijo Julio al tiempo que se sentaba en el sillón, entre ella y Joel, quien se entretenía jugando con un avioncito de plástico, y con una cuchara del yogurt, que hacía las veces de otro avioncito—. No debes ver eso —continuó Julio mientras buscaba algún canal que no hablara del tema.

—Yo no tengo miedo, papá —replicó Ariana y se cruzó de brazos—. Yo ya estoy grande.

—¡Ahí! —Joel soltó uno de sus avioncitos, tomó la mano con la que Julio sostenía el control y tiró de ella—. ¡Ahí! —repitió.

Julio dejó de cambiar de canal al ver que había dado con los dibujos animados y se recargó en el respaldo del sillón, elevó la vista al techo. Sus pequeños se acurrucaron bajo sus brazos hasta que el sueño los venció, minutos antes de que el reloj marcara las diez. Julio sustituyó su cuerpo con algunos cojines, tomó el control de la tele y puso el canal de noticias. Ariana medio se incorporó. Dio un par de pestañazos y se talló los ojos con el dorso de la mano, pero luego de un gran bostezo, se tendió sobre el sofá y volvió a dormir. Joel rodó hasta el borde del sillón aferrado a uno de los almohadones, murmuró algo que Julio no logró entender, luego dejó de moverse. Al ver que sus hijos retomaban el sueño, Julio se acercó a la pantalla y se tiró a un lado de la mesita de centro. Buscó el canal de noticias y conservó el suficiente volumen para escuchar lo que Raúl Badillo decía:

—*...los padres de los menores desaparecidos piden la intervención de la Fiscalía Federal. Dicen que la Fiscalía del Estado no ha hecho nada y que las semanas siguen pasando. No se vaya, al regreso tenemos la entrevista con Margarita, la maestra de Jessica. En exclusiva nos contará lo que Jessica le dijo esa mañana, en clases...*

Julio se llevó las manos a la nuca, luego se rascó la barba y detrás de las orejas. Se puso de pie y fue por agua a la cocina. De regreso levantó del piso los juguetes de Joel y los puso en el sillón antes de volverse a sentar frente a la pantalla. La señal se perdía: el juego de futbol de los viernes, un canal de turismo y un par de peluches que se lanzaban tartas se peleaban la señal. Julio se levantó y le dio unos golpecitos al aparato: el noticiero volvió a aparecer.

—¿Papi? —Joel se incorporó con un gran bostezo. Al verlo, Julio caminó hacia él, no sin antes regresar al canal de los dibujos animados—. Mchis... —balbuceó el pequeño señalando el monitor: en la pantalla un par de peluches repasaban el abecedario con la cara embarrada de merengue.

—...*Pánchis, diles a nuestros amiguitos qué letra sigue después de la "T", de la "T" de Tito...*

—Hijo, duérmete —Joel esperó a que papá se sentara junto a él para acurrucarse entre los cojines. Para cuando Joel se quedó dormido y él pudo sintonizar de nuevo el noticiero, el presentador ya despedía el programa.

Julio cambió de canal hasta darle la vuelta completa a la programación. No encontró otro canal en el que hablaran del tema.

«Carajo»

La pantalla del celular se iluminó. Julio se estiró para tomarlo.

"Rosa dice que si esto sigue, nos vamos a ir a Morelia, con mis suegros. La neta sí se está poniendo muy cabrón, compadre. ¿No vio lo qué dijo la maestra de la última desaparecida? Yo ya no voy a llevar a Jorge a esa escuela"

Julio sintió un escalofrío luego de leer el mensaje. Se apuró a escribir:

¿Qué dijo la maestra, compa? No vi las noticias.

Su compadre ya no aparecía en línea.

«Carajo»

—Papá… —Ariana estiró los brazos y bostezó—. Tengo frío.

—Ya vete a tu cuarto, hija —ella negó con la cabeza y volvió a acurrucarse en el sillón. Se disponía a tomarla en brazos cuando Joel estornudó un par de veces. Julio lo vio tiritar, y luego lo escuchó toser y estornudar de nuevo—. Llevo a tu hermano a la cama y vengo por ti, Ari —Julio se acercó a Joel y lo tomó en brazos, pero Joel, al sentir que su papá lo alzaba, se despertó llorando.

—Bibi, bibi, papá.

—Sí, hijo, ahorita te lo llevo al cuarto.

—¡No! —berreó y pataleó—. ¡Bibi, Bibi…! ¡Mchis! —enfatizó al ver que en la pantalla sus personajes favoritos: un peluche envuelto en plumas color rojo, Mánchi, y otro peluche azul, cuyo cuerpo y envoltorio eran semejantes al de un oso, Pánchi, repasaban los colores valiéndose de un arcoíris que había al fondo de la pantalla—. ¡Pchis!

Julio suspiró, bajó al pequeño y fue a la cocina a preparar el biberón. Aprovechó para hacerse un sándwich que se terminó antes de apagar la luz de la cocina y de la sala. Joel le arrebató el bibi en cuanto aterrizó en el sillón, y se arrojó sobre los almohadones sin dejar de ver la tele; movía la cabeza de un lado a otro al ritmo del canto de los peluches.

—…¡Cantemos otra vez! Siete son los colores del arcoíris, como pulseras que puedes llevar, así que elige tu favorita ¡pues los colores vamos a empezar! Rojo, naranja y amarillo, ¡como el *sol que nos calienta con su brillo!, verde, azul y cian, ¡que es fresco, fresco como el mar!...*

Aunque Julio se negaba a admitirlo, la canción era pegajosa, tanto, que al poco tiempo también él movía la cabeza al ritmo de la tonada, dejándose arrullar por aquellas voces chillonas.

—*...violeta, ¡como una rica y colorida paleta!...*

El canto se repitió y se repitió hasta que Joel y su papá se quedaron dormidos. Los peluches mostraban sus mejores pasos: saltaban y movían las manos, subían y bajaban los hombros, encogían el cuello y giraban la cabeza de un lado al otro, miraban hacia la pantalla.

—*¿Ya se durmieron?*

Interrogó Pánchi al tiempo que se llevaba las manos a la cintura y relajaba el abdomen. Su plano vientre pasó a una panza deforme que le colgaba hasta las rodillas. Y su rostro, siempre sonriente, se convirtió en una mueca sombría que dejaba ver pliegues pellejudos, encimados unos sobre otros, principalmente entorno a los ojos y a las comisuras de la boca.

—*Sí, eso parece. Voy a ver…*

Masculló Mánchi y caminó hacia la pantalla abriendo al máximo las cuencas amarillas que tenía por ojos. Pegó la cara al cristal con las palmas enconchadas a los costados; el vaho de su respiración opacó la pantalla al instante. Constató que Julio y los pequeños dormían—: *Es hora.*

Pánchi caminó hasta el monitor y, de entre su pelaje azul, sacó un crayón, el que usaba para pintar en el aire figuras geométricas cuando el triángulo, el rectángulo y el círculo eran los motivos de sus rimas. Dibujó sobre la pantalla líneas y puntos. Líneas diagonales pegadas a otras verticales y horizontales, y finalmente, en el borde derecho de la pantalla vista desde afuera, dibujó una manija abombada que giró con toda calma.

—*Después de ti.*

Apuntó Pánchi con una voz seca y gruesa, totalmente opuesta a la que se le escuchaba al entonar *los colores del arcoíris.* Y se hizo a un lado extendiendo el brazo con la palma abierta. Mánchi asintió sonriente. Pasó delante de su compañero con saltos caperunescos, luego, colocó ambas extremidades superiores en el marco de la pantalla y se impulsó hacia delante. El monitor tomó una textura semilíquida por la cual la cabeza de Mánchi, la parte del cuerpo que cruzó primero, saltó al exterior sin dificultad, seguida de su emplumada silueta. Pronto se encontró de pie a media sala.

Mánchi, en su faceta de peluche infantil, se apreciaba como la botarga de un ave exótica, tal vez de un *Lory Rojo* o quizás una *Cotorra Rosella*. Pero en cuanto sus alas tomaron el vórtice de la pantalla, y su cabeza, seguida de su ancho cuerpo, saltó fuera de la tele, los rasgos bonachones de su vestimenta desaparecieron. Dejaron de verse como algo que se lleva sobrepuesto, como se ve una prenda, para apreciarse ahora como un plumaje pegado a piel y hueso. Ese plumaje rojo brillante que resaltaba cuando Joel lo miraba en la emisión de las seis de la tarde, y en la de las diez de la noche, cuando Julio no lograba llevarlo temprano a la cama, se había opacado; asemejándose más a un color guinda muerto o a un tono repulsivamente café. El color había cambiado, al igual que la textura afelpada, que pasó de suave a áspera y punzante. Las barbillas de las plumas tomaron la consistencia de la punta desnuda de un cable eléctrico, y los bordes superiores la de una lija para madera de grano 60.

Mánchi se quedó inmóvil por unos segundos, tal y como lo había hecho en las otras casas, observando los rostros de los pequeños, rostros que irradiaban paz. Ése era el momento que más disfrutaba, contrario a su compañero, de quien su momento favorito era cuando llegaba la hora de degustar el botín.

Mánchi comenzó a rodear la mesa en dirección a Ariana, extendiendo al máximo los cuatro dedos de las patas. Elevó a tope las garras para que éstas no delataran sus pasos. Pánchi, que veía atento desde el marco de la pantalla, dio un repentino salto hacia atrás y comenzó a recitar las tablas de multiplicar, al ver que Julio se tallaba los ojos y amenazaba con ponerse de pie. El movimiento lo tomó con tal sorpresa que entonó la primera multiplicación, la de *uno por uno*, con la voz seca y rasposa, lo que hizo que Julio ya no se acomodara de costado en el sillón, sino que echara el cuerpo hacia delante, estirara las piernas y mirara hacia la pantalla.

—*Uno por dos es igual a dos y me da la tos. Uno por tres es igual a tres, eso dice Andrés…*

Pánchi dibujaba en el aire los números y éstos flotaban hacia el cielo acompañados por una estela algodonada. Se esforzaba por no mirar hacia la pantalla, hacia donde Mánchi se había encogido a un costado de la mesa, asemejándose a una cesta de yute que no pasaba de los setenta centímetros, aun y cuando su estatura normal era de casi metro y medio. Si Julio no hubiese centrado su oído en la voz de Pánchi, habría escuchado el chasquido metálico de las plumas de Mánchi al encogerse como lo hacen las cotorras. Julio pareció satisfecho con las rimas del oso azul, entonadas nuevamente con voz aguda. Se rascó la cabeza y se puso de pie para volver a bostezar y estirar los brazos, al tiempo que daba medio giro en dirección a la cocina, por la ruta que lo haría toparse con Mánchi. El cotorro elevó la cabeza unos centímetros fuera de la capucha que se había creado en torno a su cuello, y curvó los espolones cuando vio a Julio dirigirse hacia él.

—…*uno por ocho es igual a cincuenta y siete, ¡clávale las garras en el pecho y vete!*

Esta rima hizo que Julio se congelara, no solo por la letra, también por la voz del oso, que volvió a cambiar, repicando ahora en un tono medio, y con un sonsonete amenazante.

—¿Qué dijiste? —Julio rodeó la mesa por el costado más próximo, el opuesto a donde Mánchi se agazapaba, y se pegó a la pantalla—. ¡Tú! ¿Qué fue lo que dijiste? —golpeó el monitor con la punta del dedo justo a la altura del rostro de Pánchi, quien había dejado de dibujar números al aire y permanecía quieto. Al tercer golpe de dedo Julio notó que la pantalla se curvaba, y que un rastro similar al chapopote se le impregnaba en la yema del dedo; con el cuarto golpe su índice se sumió medio centímetro en la pantalla. Al retirarlo, un hilo chicloso de color negro quedó pendiendo en arco, columpiándose entre la punta de su dedo y el monitor.

—Pero qué de…

No logró completar la oración: Pánchi, con un movimiento imposible para alguien de su corpulencia, llegó frente a él a la velocidad de un *close up*, atravesó la pantalla con su garra y le sujetó la tráquea: la hizo estallar con un apretón que apenas le representó esfuerzo. Las pupilas de Julio se expandieron y disminuyeron como si fuesen las luces de un auto que cambian de las bajas a las altas, y que después regresan a las bajas para finalmente apagarse. El sonido acuoso, resultante del chapoteo emanado por la herida, combinado con la respiración de Julio, se silenció a los pocos segundos. Mánchi rompió la pose produciendo el mismo sonido que cuando la tomó y, sin perder tiempo, caminó hacia Julio para sujetarlo de los tobillos y hacerlo atravesar la pantalla ayudado del tirón que desde dentro daba su compañero.

—¿Mchis? —Joelito creyó reconocer al ave que arrojaba por el monitor el cuerpo de su padre—. ¿Pchis?

—y también al oso de la televisión que lo recibía, cuyo pelaje seguía brillante, tal vez por el hecho de que seguía en la televisión, pero el cual ya no era azul, al menos no del todo. La sangre, que no dejaba de chisguetear por los orificios del cuello de papá, le había dado la combinación exacta de azul y rojo, como para pensar que se trataba de alguna versión de *Spiderman*, en uno de esos universos alternos—. ¿Papi? —fue lo último que Mánchi le permitió decir, pues, con un movimiento que no le demandó un solo paso, engulló medio cuerpo del pequeño en el pico. Se valió del resorte que era su cuello para hacerlo, el que impulsó su cabeza con precisión milimétrica, desde su ubicación hasta el sillón en donde Joel apenas se incorporaba. Joel vio por los aires un pico naranja ir hacia él; después se encontró en un hoyo negro que lo succionaba.

El pajarraco echaba atrás la cabeza y daba saltos de un lado a otro, como lo hacen los pelícanos cuando pescan una trucha, aun así, no lograba engullir el último tramo de las piernas del pequeño. Joel no dejaba de gritar ni de patalear por el aire. Los reproches, venidos desde la pantalla en voz de Pánchi, no se hicieron esperar: él había elegido ese aperitivo para la cena. Ante esto, Mánchi no tuvo otra que regurgitar al pequeño dentro del televisor.

Para cuando Ariana se despertó, solo faltaba ella. Su hermanito corría y daba de gritos dentro de la pantalla, perseguido por Pánchi, quien se veía extraño, gordo y extraño, pero sonriente, como siempre. Su padre estaba tendido en el piso, sobre el dibujo de lo que parecía un avioncito para saltar. Con las manos en el pecho y los ojos grises, fijos en el cielo, reposaba inmóvil al costado de una charca. Mánchi tenía medio cuerpo dentro y medio fuera de la tele; la invitaba a que caminara hacia la pantalla, ofreciéndole el tubérculo que tenía por mano como ayuda para cruzar. La pequeña se detuvo antes de dar el último paso, los ojos amarillentos del ave, carentes de pupilas, y el olor a rancio que despedía, la hicieron dudar, pero solo por un instante. Eran Mánchi y Pánchi. No había por qué desconfiar.

Maribel salió a la puerta con el celular pegado a la oreja.

—Sí, así es mamá…

La caravana de coches que había comenzado su procesión desde la mañana seguía avanzando frente a su casa, a cuenta de medio metro por minuto. En lo que iba del día, Maribel vio desfilar en esa fila a tres de sus cuñadas, a sus compadres, los padrinos de tres años de Huguito, su hijo, y a varias maestras del prescolar, incluida la directora.

—Sí, sí, todos se están yendo, pero Hugo dice que lo espere —Maribel agitó la mano en respuesta al saludo que Isabel y Rubén, sus vecinos de al lado, le hacían desde el vehículo. Pudo constatar que llevaban bastante equipaje en el toldo de la minivan y en el pequeño remolque anclado a la parte trasera de la camioneta—. ¡Sí, eso le dije! —continuó al teléfono, dando media vuelta y entrando a la casa—. Pero dice que si dejo la casa sola nos van a robar; que lo espere. Él llega mañana —guardó silencio para escuchar la respuesta de su madre, pero ésta, lejos de confortarla, la alteró más—. Si no puedes venir a quedarte esta noche… no hay problema, mamá —agregó Maribel con voz seca—, nos vemos mañana. Antes de tomar carretera le pediré a Hugo que pasemos a verte.

Maribel terminó la llamada. Hugo, Huguito, como solía llamar a su hijo cuando su marido no estaba en casa, seguía jugando con los *Lego* a medio pasillo. Maribel se apresuró a cada puerta y ventana de las que daban al exterior y les colocó seguro y llave, así como tranca a las que carecían de ojillo o cerrojo. Después tomó a Huguito y se encerraron en la recámara principal. Había llevado suficientes provisiones, contando entre éstas la calibre 38, la cual guardó en el primer cajón del buró. Su hijo se negó a subirse a la cama y regó por el piso las piezas para después ponerse a gatear y juntarlas en una torre multicolor.

Maribel lo observaba con una sonrisa a medias.

Joaquín Olmeda, el periodista que sustituyó a Raúl Badillo tras su renuncia al canal, apareció en la pantalla que Maribel recién encendía.

—*...Esta noche tendremos en exclusiva la entrevista con Manuel Gonzales, el compadre de Julio N., el presunto desaparecido de quien desde hace dos días nadie sabe nada, ni de él ni de sus hijos: Joel N. y Ariana N. Ya lo sabe, la exclusiva la tenemos aquí en A las diez por el diez.*

—¿Qué les pasó a esos niños, mamá? —Huguito había detenido la construcción del "edificio" por voltear a ver los rostros que aparecían en la pantalla, principalmente el de Joel, quien en la fotografía exhibida vestía una playera de *Spiderman*, una idéntica a la que él tenía. Maribel no supo qué contestar, lo mejor que se le ocurrió fue cambiar de canal; estaban por dar la seis de la tarde y a esa hora comenzaba la emisión de los peluches que tanto le gustaban a su hijo.

—¡Mira! Son Pánchi y Mánchi —dijo Maribel señalando la pantalla—. ¿Quieres que le deje ahí? —

Huguito asintió y corrió a la cama, al lado de su madre, para cantar su canción favorita.

—…*Siete son los colores del arcoíris. ¡Canten con nosotros! Como pulseras que puedes llevar, así que elige tu favorita ¡pues los colores vamos a empezar! Rojo, naranja y amarillo, ¡como el sol que nos calienta con su brillo! Verde, azul y cian, ¡que es fresco, fresco como el mar!…*

Insomnio

Susana no supo la hora exacta en la que los crujidos del techo la despertaron. La oscuridad, y su incapacidad para asomar la cabeza fuera de las cobijas, le impedían ver las manecillas del reloj de pared que colgaba frente a su cama. Trataba de pensar en algo diferente, pero la voz de Paco, lo que le dijo esa mañana en la fila de las tortillas, se negaba a irse de su cabeza:

—Dice mi amá que regresa al pueblo cada dos años, en estas fechas, pa llevarse a siete mujeres; y que únicamente sus víctimas pueden verlo: niñas y vírgenes.

Tampoco podía dejar de pensar en Lilí ni en Laura, las gemelas de las que no se sabía nada desde el lunes, ni en Toñita, la hija de doña Cleo, la comadre de su mamá y con quien ella llegó a jugar a las atrapaditas en los claustros de la iglesia cuando iba al catecismo; desaparecida desde el martes.

Los sonidos fueron leves de inicio, como los que haría un roedor o una lagartija grande. Susana fingió no escucharlos. Trató de sacudirse el miedo dando una, dos, tres vueltas sobre la cama abrazada a su almohada favorita. Pero el miedo no solo no se fue; se incrementó con el crujir de las vigas y con el polvo que cayó del techo y que formó un velo opaco y picoso. Quiso permanecer en silencio. No pudo.

El grito que dio hizo que los crujidos se intensificaran. Algo en el techo corrió de un lado al otro. Pasó del extremo de la puerta de la habitación al extremo del balcón con seis golpes de pezuña. Para cuando las zancadas cesaron vio una sombra en el ventanal de su cuarto; y escuchó un tintineo bajo su cama acompañado de un quejido proveniente de la esquina donde se hallaba el ropero. Susana trató de recordar las oraciones del catecismo; ninguna llegó a su mente. No le quedó más que enterrarse en las cobijas aferrada a su almohada, y permanecer quieta.

Aquello descendió del techo a la terraza. Susana sintió ganas de orinar al ver por entre las cobijas que el tamaño de la sombra se duplicaba.

—Papá… mamá… —masculló con una voz que sus padres no habrían oído aunque estuviesen acostados junto a ella y siguió mirando:

Una de las cuatro zarpas del visitante tomó la manija del ventanal y lo recorrió lentamente. Luego hubo dos zancadas que hicieron vibrar el piso del cuarto y un hedor a podrido inundó la habitación. La luz que se filtraba por las cortinas permitía divisar un par de patas peludas, como de mula, y los cascos que las anclaban al piso. Así como dos extremidades medias, gruesas y muy cortas en comparación con las superiores. De una de ellas, Susana notó que colgaba un costal lo bastante grande para meter en él a una jovencita de su edad. La criatura avanzó hasta su cama y posó en las cobijas una de las zarpas.

—¿Por qué huele tan feo? —se escuchó decir desde el rincón más oscuro del cuarto seguido de un—: ¡shiiiiis, te va a oír! —entonado en dos voces que empataron ritmo y tono.

Susana no se movió. La criatura, en cambio, dejó de acariciar las cobijas.

—Ves, ya te oyó —la voz volvió a escucharse. Susana hizo una abertura entre las sábanas y vio cómo la criatura giraba hacia el rincón y extendía las zarpas hacia las ropas de la silla, y cómo se erguía hasta topar contra el techo mientras sus cascos rascaban el concreto. Luego la vio inclinar la cabeza hacia allá; apuntar con el par de cuernos que tenía en la frente, listos para embestir. Entonces Susana dio la orden: golpeó el colchón, acto seguido, una cadena y un grueso candado salieron de debajo de la cama y se aferraron a una de las pezuñas. La bestia agachó la mirada para ver a dos pares de manos, pequeñas y hábiles, ahora atenazarle con similares herramientas la otra pata.

—¡Ya! —Susana gritó; hizo que la torre de ropa se desplomara y que de detrás salieran tres sombras. Cada una empuñaba un palo con punta afilada. El animal quiso arremeter, pero los amarres se lo impidieron.

Tal cual Susana lo había indicado en los entrenamientos, el primer estacazo estuvo a cargo de Ramona, la mayor de sus hermanas. Lo asentó en el cuarto trasero derecho del animal cuando éste se agachó a tirar de las cadenas. La bestia bramó, y lo hizo de nuevo al ver que otro palo se clavaba en el costado de su bajo vientre. Por entre las cobijas, Susana veía a la criatura alternar la vista entre las dos mujercitas frente a él, desorientado, furioso. También veía cómo Raquel y Lucía empujaban las estacas con vigor mientras Ramona preparaba otro ataque. Uno que no llegó, pues el animal extendió una de sus zarpas con tal velocidad que atrapó el brazo de Ramona y la levantó en un parpadeo.

—¡Déjala! —Susana arrojó las cobijas y se puso de pie a medio colchón con la almohada entre los brazos—. ¡Que la dejes! —la bestia volteó. Mugió al ver el cuchillo delgado y curvo que Susana sacaba de entre la almohada, y hubiera mugido otra vez, de no ser porque el corte que le propició Susana le atravesó pelos, cuero y gañote.

La bestia soltó a Ramona y se llevó las zarpas largas al cuello mientras movía las cortas con desesperación, como pidiendo auxilio. Un gorgoreo le salió por quejido y, cuando quiso correr, se fue de hocico contra el suelo—. ¡Ya, ya! —ordenó Susana y dos niñas, Jimena y Clarita, las más pequeñas del grupo, salieron de debajo de la cama. Con cadenas lazaron las extremidades superiores de la bestia mientras ésta rodaba y se quejaba. Ramona se puso de pie y caminó hacia el ropero. De ahí sacó otra carga de estacas, más gruesas y con una punta más larga. Las puso en manos de Lucía y de Raquel, que aguardaron por la orden. Susana la dio:

Las cuatro mujercitas estacaron al visitante hasta que dejó de moverse. Ramona se encargó de la cara de la criatura. Le hizo estallar los ojos. Le abrió aún más las ya de por sí enormes fosas nasales y le destrozó dientes y lengua. Raquel y Lucía dieron cuenta del torso. A veces los palos, cuando entraban hondo, se atoraban con los huesos o con alguna parte fibrosa. Ellas lo resolvían como lo habían hecho con los otros: recargando todo su peso en la estaca, dando leves giritos al palo, haciendo palanca y tirando hacia atrás con fuerza. Su técnica no fallaba. De los genitales se encargó Susana. Era la única que tenía el estómago para cortar aquello y luego meterlo a los frascos. Clarita y Jimena, además de estar pendiente de los amarres, picoteaban con curiosidad las patas; se acostumbraban de a poco a esa sensación de hundir cuchillos y palos en cuero, pelo y carne.

—Este olía muy feo —volvió a quejarse Raquel mientras se limpiaba la sangre de la frente. Susana le agitó el cabello y sonrió.

—Por tu culpa casi nos cacha —reclamó Ramona, quien se dejó caer al piso—. ¿Y ahora qué sigue? —agregó mirando a su hermana.

Susana enroscó la tapa del frasco, lo dejó sobre la cama y caminó hacia el calendario de pared.

—Falta una semana para que venga Santa.

—¡Santa! —dijeron al tiempo Clarita y Jimena con mueca de gusto.

—Sí, Santa —Susana arrugó la nariz y se talló la barbilla—. No sé ustedes, pero a mí me gustaría hacerle unas preguntas sobre los regalos del año pasado. No me trajo lo que le pedí. ¡Y me porté bien!

—¿Qué quieres que hagamos? —fue Ramona quien preguntó. Todas se pusieron de pie.

—Empieza a hacer más estacas; y ustedes… —miró a Clarita y a Jimena—. Consigan más cadenas y candados, muchos más, porque el gordo de Santa no viaja solo.

El Pacto

Las pisadas hacían eco por las calles. José seguía corriendo. Ya no se detenía a tocar en las casas; era la última noche de agosto y sabía que esa noche nadie, ni por error, abriría la puerta. Las piernas le temblaban y el sudor de la frente le caía en los ojos. Y un dolor se le había instalado en la parte baja del abdomen dificultándole respirar, pero esas eran las menores de sus preocupaciones. Su atención se centraba en los ladridos, cada vez más cercanos, y en el motor de una camioneta que aceleraba desde alguna calle vecina. Miraba los techos de las casas en busca de refugio, pero todos estaban fuera de su alcance, al menos a tres metros de altura, y enmarañados de lado a lado con ramas de huizaches, alambre de púas y vidrios incrustados al cemento. Trepar no era una opción. Tampoco lo era esconderse en alguna zanja o debajo de los autos; otros lo habían intentado, pero los perros siempre hallaban el escondite.

La plaza —pensó—. ¡La iglesia! —las piernas se le revitalizaron.

Aceleró el trote hasta llegar a la esquina. Giró justo a tiempo para no ser visto por la manada que, a la par de una camioneta de caja abierta, se incorporaba a la calle que él acababa de cruzar. Los ladridos de la jauría se intensificaron, y una peste a pescado se adueñó del aire. José llegó a la plaza y pidió auxilio. Sus gritos repicaron por la explanada y el atrio parroquial; lo mismo que el chillar de llantas y varios aullidos que le recordaron los documentales de lobos que tanto le gustaban a Pedrito, su hijo.

Con la piel de gallina recorrió los últimos metros, llegó a la entrada de la iglesia y golpeó la puerta:

—¡Por el amor de dios, abran! ¡Padre Domingo! ¡Padre Domingo, abra la puerta! —a los golpes agregó patadas, empellones, y hasta trató de forzar la chapa con la hoz que llevaba enfundada en la cintura. Pero la puerta de madera tallada al alto relieve y la chapa de bronce no cedieron. José volteó a sus espaldas: vio un puñado de sombras cuadrúpedas proyectarse en los pilares del arco. Las sombras aumentaban de tamaño conforme una luz de faros se acercaba desde la calle. Le gruñeron las tripas y las piernas volvieron a hacérsele de gelatina. Con el padre nuestro en la boca y media docena de perros entrando a la plaza, retrocedió tres pasos y arremetió una vez más. La madera apenas vibró, en cambio él salió rebotado contra el piso.

—Porque él ordenó que dejaran las redes y lo siguieran. Dijo que si lo seguíamos nos haría pescadores de hombres, y no mintió —escuchó decir tras la puerta de la iglesia en un murmullo que se desvaneció lento.

Los ladridos pasaron a gruñidos. José olvidó la idea de resguardarse en la iglesia y tentaleó el suelo. Dio con la hoz que había perdido tras la caída y la empuñó con fuerza. Logró ponerse de pie y recargar la espalda contra la puerta antes de que la manada le diera alcance. Los más pequeños iban al frente. Lo que debía ser una cruza de Collie venía cabeza a cabeza con un par de corrientes, uno color miel, otro negro liso. José pateó al primero, y hubiera asestado su bota en el segundo, de no ser porque el hocico de éste llegó antes a su pantorrilla. José no lograba distinguir cuánto de la mordida había caído en su carne y cuánto en el cuero de la bota. Cuando estaba por sacárselo de encima, el negro liso pegó un gran salto. José se cubrió el rostro con el antebrazo. El grito que dio al sentir los colmillos, hizo que el perro se sacudiera con fuerza; lo siguió haciendo hasta que la hoz de José se encajó en su panza y le abrió el vientre. Los despojos chorrearon. El perro se desparramó en el piso. José trató de quitarse de encima al que le mordía la bota, pero no pudo. Llegaron dos de los grandes. La puñalada que José tiró al aire dio en uno de los hocicos. Una de las bestias salió en huida, pero la otra le cayó encima y le ancló la mordida en el hombro izquierdo.

José volvió a gritar:

—¡Ayúdenme!

El peso del perro gris que le atenazaba el hombro, y que no lo soltaba a pesar de las puñaladas, sumado a los tirones incesantes de pantorrilla a cargo del negro liso, lo derribaron. Para cuando el resto llegó, seis más al menos, José rodaba por el piso cubriéndose el rostro, tirando patadas con la pierna libre. Se abalanzaron sobre él. Las mordidas eran tantas que no identificaba de dónde venía el dolor. El alfa, un Mastín Tibetano de raza pura, fue el último en llegar. Se abrió paso por entre la jauría a punta de gruñidos y tarascadas. Subió al pecho de José y, sin darle tiempo a nada, atascó las fauces en el brazo con el que se cubría. Un crujido llegó a los oídos de José, no supo si venía de afuera o de adentro. El animal le partió el antebrazo en un parpadeo, luego le ahogó los gritos y la respiración con el hocico, pues le prensó la cara y le destajó media quijada, casi todo el paladar, la lengua, la mitad de la nariz y le hizo estallar el ojo izquierdo. El Mastín habría seguido con el resto de la cabeza, de no ser por el silbido que se escuchó en ese momento. Los perros suspendieron el festín, se aferraron a las piernas de su

47

presa y comenzaron a arrastrarla por la plaza meneando las colas rumbo a la camioneta. Incluso el can que había huido tras el corte de la hoz regresó a ayudar a la manada, no sin antes hacer una pausa en el torso de José, olisquearlo y echarle una meada. A mitad del camino, el perro gris, el que le atacó el hombro, se desvaneció y quedó tirado con la lengua de fuera en medio de un charco de sangre del cual varios animales bebieron.

Una silueta apareció en el campanario de la iglesia, espigada, de largos brazos. José logró verla a la distancia con el ojo que aún seguía en su cuenca.

Hubiese gritado:

—Padre Domingo, ayúdeme —de no ser porque ya no tenía quijada ni lengua. Solo elevó la mano izquierda. La extendió como si con los dedos pudiese asirse de algo. Al verlo, el perro que había mandado a volar con la bota se le arrojó a la base del brazo, en la axila, y a punta de mordidas y tirones lo obligó a bajarla.

El tripulante de la camioneta descendió de la cabina con un chasquido seco y caminó a la parte de atrás al tiempo que se sacudía la coraza. Tomó de entre los fierros que llevaba en la caja una cadena con un gancho en punta y se dirigió hacia José. Los perros soltaron el cuerpo para arremolinarse entre sus piernas y patas, gimiendo y meneando aún más las colas, principalmente el alfa. El amo repartió sobadas de lomo y pellizcadas de oreja. Después incrustó el gancho en lo que quedaba de José y ató el otro extremo de la cadena a la defensa.

Antes de volver a la cabina bajó la tapa de la caja y activó el mecanismo de descarga. Media tonelada de peces, cangrejos y mariscos, lo que estipulaba el pacto hecho desde el principio, desde que ellos salieron de las aguas y prohibieron la pesca; desde que dijeron que ellos proveerían cada sesenta lunas y también que cada sesenta lunas cobrarían lo suyo, cayó sobre calle y banqueta. En cuanto la caja de la camioneta estuvo vacía, uno a uno los canes subieron. Así lo hicieron todos, excepto el Mastín, que aguardó a que su dueño abriera la puerta de la cabina para echarse en el asiento del copiloto. Antes de partir, el enorme crustáceo volteó hacia la iglesia, elevó la tenaza más grande y dio un chasquido. La sombra que se hallaba en la base del campanario hizo lo mismo y, acto seguido, jaló la cuerda de la campana principal para dar el aviso. En las casas las luces comenzaron a encenderse y el cántico designado para la ocasión empezó a resonar por las calles.

Esa noche todos en San Pedro podían estar tranquilos. El pacto se había cumplido.

Diego y Karla

Diego tendría sexo a los catorce años y sería con Karla. Ella le dio la noticia en el recreo, en cuanto llegaron a las canchas.

—Sí —le dijo, mientras se sentaba en las gradas y cruzaba la pierna.

—¿Sí qué? —preguntó él mirándola de reojo.

—Sí, esta noche, en mi casa; no estarán mis padres. Ya tengo los condones —Diego sintió una punzada en la punta del pene.

—¿En serio?

—Sí, hoy, a las nueve —Karla reafirmó palpándole la entrepierna. Diego jadeó.

Eran las nueve en punto cuando tocaba el timbre. A Diego aún le resonaban en la cabeza las palabras dichas por Arturo, su hermano mayor, al saber la noticia:

—¿Te vas a coger a Karla, la rara? Es rara y velluda, pero… si me lo hubiera pedido a mí, también me la cogía

—sonrió de oreja a oreja y continuó—: un macho no le dice que no a unas piernas abiertas, aunque estén peludas, peludas y chuecas, como las de ella.

Diego tocó el timbre por segunda vez. Apenas su dedo se separaba del botón cuando la puerta se abrió y escuchó venir desde adentro:

—¡Pasa, sube, no enciendas las luces, estoy en mi cuarto! —Diego subió la escalera guiado por la luz de luna que se filtraba por los ventanales. Y, sin notar que la voz de Karla no era la de siempre, llegó a la habitación y entró.

—Vengo a comerte —dijo con tono cómico, y pareciéndole mejor la expresión de "comerte" que la de cogerte. El bulto que había a media cama se irguió, hizo rechinar los resortes del colchón y tomó forma, una con largos brazos velludos, dedos con garras, cabeza de perro y enormes fauces babeantes.

Las últimas palabras que Diego escuchó a sus catorce años fueron:

—Veamos quién se come a quién.

Desde las Entrañas

Juan Jesús Montalvo Mata
<jjmontalvomata83@live.com>
Jueves 15/11/2018 07:13 PM
Para: Usted; elchavez@gmail.com
Asunto: A tu propuesta de trabajo.

Pedro, espero que te encuentres bien,

te mando un abrazo a la distancia.

Me disculpo por contestarte hasta ahora; a mi llegada se presentaron cosas que tuve que atender. Referente a tu propuesta y, muy a mi pesar, tengo que negarme. De momento no puedo viajar a Guanajuato, a ningún lado, de hecho, pues he aceptado un cargo honorífico en la comunidad y no me gustaría quedar mal abandonándolo de buenas a primeras. Tampoco he podido iniciar con la tesis de la maestría, aunque sé que los usos y costumbres de la gente del pueblo me van a dar para mucho, lo intuyo por lo que he visto estas semanas. Venir fue un gran acierto. Además, ya comencé con las terapias. Los residentes han respondido bien, creo que nunca habían tenido a un psicólogo en la comunidad y le están sacando buen provecho a mi persona. Esto no quiere decir que en un futuro no podamos trabajar juntos. El proyecto de la escuela para jóvenes de alto rendimiento me entusiasmó y quiero ser parte de él; solo te pido seis meses, en lo que pongo en marcha unas iniciativas y obtengo insumos que sustenten mis hipótesis. Lo que sí puedo hacer de inmediato es enviarte los archivos que me solicitas. No te mentiré, ya ni siquiera recordaba que los tenía.

Tocante a cómo es este lugar, solo puedo describirlo como maravilloso. Necesitarías verlo, porque cabe la posibilidad de que mi fascinación por la naturaleza haga que lo esté idealizando. Basta con señalar que hay abundancia de agua y alimentos, que la tierra es buena para cualquier semilla, que los animales de ganado se crían gordos y sanos; que el clima es bueno, que la gente es buena, en fin… Que si las ciudades adoptaran un modelo sustentable como éste resolverían muchos de sus problemas. Pero no te voy a "letanear", como dices tú, con mi moralina. Además, no quiero sonar como un vendedor de proyectos ecológicos.

Espero que este medio sirva para que estemos en contacto permanente. Créeme cuando te digo que necesito hablar, bueno, comunicarme con alguien que sepa las dotrinas de Lewin y de Tarde, si no lo hago soy yo quien va a necesitar terapia de urgencia.

Un abrazo,

JJMM

Re: A tu propuesta de trabajo.
Pedro Chávez <elchavez@gmail.com>
Sábado 17/11/2018 08:01 AM
Para: Usted; jjmontalvomata83@live.com

Mi estimadísimo…

Qué bueno saber de ti, Juan, saber que estás bien. ¡Te felicito, cabrón! ¿Un cargo honorífico? ¡Wooooooooooow!, y eso que apenas llevas un mes. No me extrañaría ni tantito que en medio año seas el presidente municipal de por allá. Quién iba a pensar que en medio de aquellos cerros había oportunidad para un licenciado en psicología, solo tú, y allí está tu recompensa.

Gracias por los documentos que me enviaste, me salvaste la vida. Estamos por entrar a las evaluaciones finales y ya no tenía nada para cerrar el ciclo con los alumnos. Ahora sí, como decía el doctor Rangel cada fin de semestre, ¿te acuerdas?: *Les voy a tronar hasta el pinche subconsciente.*

Me da gusto que hayas iniciado con las terapias, y que te esté yendo bien; aunque no tengo idea de cómo deben ser; digo, dudo que la gente de por allá siquiera hable español, o que siquiera hable. Pero ya me irás contando.

Te mando un chinguero de abrazos. Y no vayas a convertir en una patología a la acción de procurarte satisfacción a ti mismo o te van a salir pelos en la mano. Este es mi whats... 477-125-98-25, creo que ya lo tenías. Por si quieres que estemos en contacto por ahí. Va, wey.

Re: A tu propuesta de trabajo.
Juan Jesús Montalvo Mata
<jjmontalvomata83@live.com>

Domingo 18/11/2018 09:22 PM
Para: Usted; elchavez@gmail.com

Pedro, agradezco tus palabras,

siempre son refrescantes.

Un gusto escribirte de nuevo.

Sabes lo que pienso de los celulares. De hecho, no traje más que mi Lenovo de batalla y me regocijo por ello. Así pude limitarle las llamadas a mi padre a una por semana. Solo hablo con él los domingos, cuando voy al pueblo de Las Pilas.

Me preocupa no encontrar en tu respuesta algo referente al tiempo que te solicito para sumarme al proyecto de la escuela. Me gustaría saber si la propuesta va a seguir en pie luego de los meses que te pido, o si vas a buscar a alguien más para que lleve la coordinación. Cual sea el caso, agradeceré que me lo informes. No me gustaría ilusionarme en vano.

Concerniente a las sesiones, y ya que lo mencionas, sí, estoy seguro de que no te imaginas cómo son. A mí mismo, y a pesar de que comencé a atender pacientes desde que me instalé, me sigue costando asimilar algunas cosas, principalmente por las costumbres y los ritos que practican, son escalofriantes, y por la comida, ¿me creerías si te digo que todos los platillos que me preparan incluyen gusanos? ¡Ah!, y por las limitantes del lenguaje: he necesitado de traductor en casi todas las sesiones. Ha sido una peculiar experiencia que sin duda detallaré en mi tesis. También lo ha sido uno de mis nuevos pacientes, uno de los pocos que sí habla español. Es un caso interesante. Verás, y espero tu total discreción con lo que voy a compartirte. Llevo atendiéndolo tres sesiones, pero su aspecto ha cambiado de la primera a la última vez que lo vi. Parece haber envejecido prematuramente. Si no fuese por los rasgos marcados de su rostro y por el tatuaje que lleva en el antebrazo, dudaría de que se trata de la misma persona. También me llama la atención su aparente amnesia. No recuerda cómo es que llegó a este lugar, ni por qué vino, pero asegura que él no es de aquí, aunque su familia dice lo contrario.

En fin… Te pido que no vayas a dejar de escribirme por estas trivialidades. No tengo con quién más platicarlo y sé que, si se lo cuento a mi padre, me va a restregar el que haya elegido venir aquí y no a San Francisco, como él quería.

Solicito, y disculpa mi insistencia, que me informes lo del proyecto de la escuela. En verdad me interesa.

Sigamos en contacto. "Va, wey".

JJMM

Re: A tu propuesta de trabajo.
Pedro Chávez <elchavez@gmail.com>
Lunes 19/11/2018 11:44 AM
Para: Usted; jjmontalvomata83@live.com

Estimadísimo…

Olvidé tu postura sobre el whats y sobre todo lo que tiene que ver con las tecnologías y esas madres. Por mí está bien que sigamos en contacto por aquí.

Del proyecto no te preocupes, cabrón. El puesto es tuyo y te estará esperando para cuando regreses.

Oye, qué interesante el caso que me compartes, está más chingón que la serie que estoy viendo, gracias por hacerlo. Sabes que soy una tumba en cuanto a los pacientes ajenos se refiere, aunque no tanto con los propios…

Me gustaría saber más.

Si en algo crees que pueden servirte mis opiniones, te las compartiré con gusto.

Una última cosa: no se te vayan a pegar las malas mañas que encuentres por allá. Es cierto que siempre has sido un tipo anticuado, formal hasta las nalgas y raro hasta en los parados, pero eres un raro agradable. Y así se te quiere.

Pedro.

Re: A tu propuesta de trabajo.
Juan Jesús Montalvo Mata
<jjmontalvomata83@live.com>
Miércoles 21/11/2018 10:37 PM
Para: Usted; elchavez@gmail.com

Querido Pedro,

buenas noches.

Gracias por la estima en la que me tienes, amigo. Te prometo que el tiempo libre lo dedicaré a leer los planes de estudio que me enviaste cuando hablamos la primera vez sobre el proyecto educativo. Los encontré la semana pasada, al buscar los archivos que me pediste.

Quise contestarte ayer, pero hubo problemas con la antena. La repararon hoy, aunque el internet sigue intermitente, tanto, que para enviarte este correo tuve que hacer al menos seis intentos.

Sí, Pedro. Necesito tu opinión para entender mejor este caso. Ayer fue la cuarta sesión; me excedí mucho más de los cincuenta minutos. Sé lo que debes de estar pensando, pero no podía dejar que el paciente se fuera así, en el estado en que se encontraba. Temo que de haberlo hecho habría atentado contra su integridad. Empezaré por decirte que su aspecto empeoró de forma preocupante. Ni siquiera en pacientes con cáncer había visto algo así. Está calvo, totalmente calvo, cuando en la sesión pasada tenía una mata blanca, una que había sido gris en la segunda sesión y negra en la primera. Pero no solo perdió el pelo de la cabeza, también sus cejas desaparecieron, y sus pestañas. En cuanto a su anatomía, las cosas no son muy diferentes: su cuerpo se ha venido chupando, y discúlpame el término, pero no encuentro uno mejor para definirlo. Tiene hinchado el estómago, bastante, imagino que debe estar colmado de bichos. Prácticamente no tiene grasa ni músculo, apenas un cuero seco es lo que le envuelve los huesos, los cuales se han curvado de forma imposible: sus piernas parecen arcos y su espalda es un gancho a punto de cerrarse por los extremos. Ya no tiene dientes y los ojos se le están nublando. Esto sin mencionarte el olor que despide, si no entraríamos en todo un tema. También me dijo que no puede comer ni tomar nada; lo que ingiere, lo vomita al instante. Sé lo que estás pensando, y ya lo hice: fui a la clínica por su expediente, pero la clínica ha estado cerrada desde el sábado y no he podido localizar a los médicos. No sé si fueron por víveres a Las Pilas, a veces lo hacen, pero para ello necesitan su coche, y lo vi hoy bajo el tejabán de una vivienda no muy lejana de donde me hospedo.

No te voy a mentir, este caso me tiene inquieto.

¿Qué opinas, Pedro?

Abrazos.

JJMM

Re: A tu propuesta de trabajo.
Pedro Chávez <elchavez@gmail.com>
Jueves 22/11/2018 02:44 AM
Para: Usted; jjmontalvomata83@live.com

Juan, lo que dices está cabrón, no solo por lo evidente: que tu paciente está en fase terminal y que no hay quién lo atienda, y que por lo que me cuentas creo que debería de estar hospitalizado, sino por lo que me pasó a mí el año anterior, cuando tuve a un paciente en fase terminal por leucemia y los abogados quisieron hacerme responsable porque él había dejado de tomarse los medicamentos. ¿Recuerdas esa mamada? Casi pierdo la cédula y paro en la cárcel.

Aunque imagino que las leyes y costumbres de aquellos pueblos son diferentes, no eches en saco roto lo que te digo. Yo en tu lugar ya no lo recibiría hasta que un médico de la clínica lo valorara y me diera un dictamen FIRMADO. También incluiría las firmas de los familiares en ese documento, más vale.

Otra cosa, ¿te has puesto a pensar que tal vez lo que lo enfermó fue la comida o el agua? Fíjate, él te dijo que no era de por allá, que no supo cómo había llegado. Es probable que la gente del pueblo, en su afán de ayudar a alguien que llega a la comunidad desorientado y solo, le dieran asilo, lo adoptaran pues. Pero… ¿te imaginas si en el ambiente hubiera una bacteria o virus al que los residentes del pueblo han desarrollado inmunidad? Esa madre no podría detectarse, no hasta que alguien ajeno al rebaño se quedara lo suficiente para enfermarse y mostrar síntomas. Puede ser el caso de tu paciente. Escribo esto con pesar y con la mejor de las intenciones, no quiero que te agüites, pero también podría ser el tuyo. ¡Tú podrías estar enfermo sin saberlo! Deberías descartar lo que te digo; hacerte estudios en cuanto los médicos regresen. También consigue el expediente de ese cabrón, quizás encuentres algo que pueda ayudar.

Por favor, esta vez no tardes en informarme si algo se presenta.

Pedro.

Re: A tu propuesta de trabajo.
Juan Jesús Montalvo Mata
<jjmontalvomata83@live.com>
Jueves 22/11/2018 06:12 AM
Para: Usted; elchavez@gmail.com

Querido Pedro,

agradezco tu apoyo.

Valoro tus comentarios y es probable que haga caso de ellos. Apenas den las siete iré a la clínica a hablar con los médicos sobre la situación de Alberto, mi paciente, y dependiendo de lo que me digan decidiré si me hago pruebas de sangre o no. Cualquiera que sea el caso, te mantendré informado.

Me siento bien, no creo estar enfermo, pero como dices tú "más vale…"

Abrazos,

JJMM

Re: A tu propuesta de trabajo.
Juan Jesús Montalvo Mata
<jjmontalvomata83@live.com>
Jueves 22/11/2018 09:21 AM
Para: Usted; elchavez@gmail.com

Pedro…

No sé qué pasa aquí. Los doctores ya no están. Al parecer han vaciado la clínica y nadie sabe de ellos. Tampoco está su coche. La gente del pueblo se tornó agresiva, apenas entiendo lo que dicen, pero creo que me culpan por su partida.

Estoy considerando irme, solo que temo hacerlo a la luz del día. Creo que me pondría en peligro si se enteran de mis intenciones. Además, Alberto quiere verme, me lo encontré de camino a la clínica. No sé cómo sigue en pie. Me dijo que hay algo que debo saber; quiere mostrarme algo. Dijo que lo traería a mi casa. Lo estoy esperando. Nunca pensé que lo iba a decir, pero debí traer un pinche teléfono.

JJMM

Re: A tu propuesta de trabajo.
Juan Jesús Montalvo Mata
<jjmontalvomata83@live.com>
Jueves 22/11/2018 02:57 PM
Para: Usted; elchavez@gmail.com

Necesito que mandes por mí, que vayas con la policía de Las Pilas y les digas que corro peligro. Que vengan a apresar a estos pinches psicópatas. Alberto no llegó, lo interceptaron afuera de mi casa. Mira, Pedro, sé que no vas a creerme, ni yo mismo que lo vi lo creo, pero apenas Alberto tocó a la puerta una turba apareció, salió de todas partes. Era la gente del pueblo. Estaban desnudos y tenían marcados sus cuerpos con sangre, con la sangre que emanaba del gaznate de un becerro, de todo el becerro, que traían en hombros. Las mujeres le metían los dedos en las heridas y se untaban la sangre en los pechos y en la entrepierna. Lo mismo hacían los hombres y los niños, quienes cantaban algo que ya les había escuchado en uno de sus ritos, el que según ellos hacían para bendecir las cosechas. Todos estaban fuera de sí. Me paralicé al verlos. No pude abrir la puerta; lo más que hice fue asegurarla y correr hacia la ventana de la cocina para mirar desde allí. Dejé solo a Alberto. Lo dejé morir. Un par de hombres lo tomaron por los tobillos y lo arrastraron al centro de la calle, lo desnudaron y lo pusieron de rodillas para marcarle la cara y el estómago con un hierro caliente. A penas pude mantenerme en pie al escucharlo gritar y al oler el hedor a carne quemada. En pocos segundos dejé de escucharlo. Alberto dejó de gritar cuando su estómago comenzó a hincharse más y más. Algo había ahí, en su panza, en su pecho. Algo que se le calcaba en los pellejos, que le reventó las costillas. Lo sé porque las oí estallar. Luego, ese algo, le rebanó la carne y la piel desde adentro. Los despojos de Alberto rodaron por la tierra. La gente se abalanzó sobre ellos y como habían hecho con la sangre del becerro se los untaron en los genitales. El frenesí terminó hasta que de entre las vísceras que quedaban en los restos de Alberto, se escuchó una voz, una acuosa voz que hablaba en el mismo dialecto de la zona:

------ALOMETOR MAGDAJú – LUPTUG KIGNAG

OLIM –PAKGMUL-------

Esto es lo único que puedo replicar. No vi bien a aquella cosa; solo sé que salió de Alberto y que se arrastró por la tierra rumbo a la plaza. La gente lo siguió. Parecía un tubérculo, uno con un enorme ojo a manera de cresta, y que tenía docenas de pupilas que miraban hacia todas direcciones. Nada escapaba de su vista, ni siquiera yo lo hice.

Pedro, quise huir, pero me encerraron. Estoy encerrado y un grupo de hombres vigila mi casa. Otro está tirando leños alrededor, en la ventana, en la puerta. Algunos traen fierros, y los que no, cargan cubetas llenas de larvas, de larvas amarillas que tienen el tamaño de una trucha. Pedro, ven pronto. Sé que acaban de prender fuego. El humo se está metiendo por las tejas de la cocina. Ven, te lo suplico. Si sales de la ciudad llegarás en cuatro horas. Trataré de resistir. No me vayas a dejar aquí, ve por la policía, ellos conocen la zona. Cuando llegué, una patrulla guio al taxi desde Las Pilas hasta acá. Diles que me ayuden, que temo por mi vida.

Comienzo a sentirme mareado y van tres veces que vomito; la última vez fue sangre.

Re: A tu propuesta de trabajo.
Juan Jesús Montalvo Mata
<jjmontalvomata83@live.com>
Jueves 22/11/2018 04:16 PM
Para: Usted; elchavez@gmail.com

Creo que me desmayé y entraron Me marcaron como el mismo símbolo que tenía Alberto en el brazo, La saliva me sabe a,arga y tengo en la boca una baba naranja y esepza, pero eo no es lo peor, no se cómo decirlo; hay algo en mí Me brinc adentro, en la pazna. Los escucho hablar me hablan; no entiendo lo qe dicen

Por Dio Acabo de erme al espejo y los ojos que se reflejan no son míos. Tengo alguien en mi cabeza, también hay algo en le fdno de mi garagnata, arañándola. Alguien que no soy yo está en mí.

NO medejes solo. Ve con la policía y aydenme Me acaba de hacer escupir las muelas, se ríen, los veo en mi piel, se ríe, corren en mis venas, y s ríen. Siento calientes las tripas, aacaba de susúrrame que las va a romper y me va hacer escupirlas u luego volevrlas a comer   Me llevó os dedos a la boca y e los muerdo. Ls merdo . ya no tgo lendua   Intentent ruir sgeur ve proe   mnt   o

Re: A tu propuesta de trabajo.
Pedro Chávez <elchavez@gmail.com>
Jueves 22/11/2018 09:32 PM
Para: Usted; jjmontalvomata83@live.com

Juan, apenas vi tus mensajes, ya llamé a la policía, a la de Guadalupe, porque en la puta estación de Las Pilas no me contestaron. Traté de darles algunas referencias del pueblo, dicen que no les suena, pero que van a ir a Las Pilas y allí van a preguntar.

Busca un lugar seguro, escóndete y no salgas. Tomo carretera apenas consiga un auto.

¡No salgas!

Re: A tu propuesta de trabajo.
Pedro Chávez <elchavez@gmail.com>
Viernes 23/11/2018 10:57 AM
Para: Usted; jjmontalvomata83@live.com

Juan, contéstame cabrón. Necesito tu ubicación exacta. La policía se niega a ir más allá de Las Pilas si no tenemos una referencia concreta. Esto me alarmó: aseguran que después de Guadalupe y Las Pilas no hay más pueblos, y les creo; no se ve ningún camino que siga hacia lo alto de los cerros ni alguna antena. ¿En dónde estás? No conocen ningún pueblo llamado Higuerillas.

La gente con la que hablamos, dueños de las tienditas de paso, dice no conocerte ni haberte visto. Es urgente saber en dónde estás, por favor contéstame lo antes posible. Los chicos de la facultad ya fueron a la prensa, no vamos a dejar de buscar. ¡Solo dame alguna seña que me acerque a ti!

Re: A tu propuesta de trabajo.
Pedro Chávez <elchavez@gmail.com>
Sábado 24/11/2018 05:01 PM
Para: Usted; jjmontalvomata83@live.com

No podemos encontrarte. La gente vecina al pueblo de Guadalupe sigue diciendo que no vieron a nadie de tus características a pesar de que les mostré tu foto.

Ni los policías de Las Pilas te recuerdan, ni en la base de taxis.

No vamos a dejar de buscarte; solo ayúdanos. Busca un teléfono u otra forma de comunicarte. Tu padre llegó hoy con un grupo de rescate; mañana se va a sumar a la búsqueda.

Te vamos a encontrar.

Re: A tu propuesta de trabajo.
Pedro Chávez <elchavez@gmail.com>
Sábado 29/11/2018 08:43 AM
Para: Usted; jjmontalvomata83@live.com

Juan, danos una señal…

Hemos peinado cerros, barrancas y todos los putos pueblos, y no damos contigo. En verdad espero que estés bien.

Nos han contado cosas, cosas que no quiero detallar, pero que se las achacan a una horda de locos que radican en aquella zona: "Ritualistas", los nombran. Son un culto de fanáticos que se asentó en la década de los treintas, o eso dice la gente, y que no se han ido. Se identifican como servidores de un tal Howard Phillips.

Me niego a pensar que ese fue tu destino.

¡Debiste investigar más antes de ir allá, cabrón!

Seguiré buscándote.

Pedro.

Re: A tu propuesta de trabajo.
Pedro Chávez <elchavez@gmail.com>
Miércoles 19/12/2018 07:11 AM
Para: Usted; jjmontalvomata83@live.com

Ya ni siquiera sé para qué te escribo. Es obvio que no tienes tu computadora o que donde estás no hay internet, eso quiero creer, y que por eso no me contestas. Las autoridades ordenaron suspender la búsqueda luego del accidente que sufrieron los rescatistas. Ya no podemos regresar a la zona. La gente ya no nos quiere allá; lo que a mí me dice que allá es donde debemos buscarte.

Tu padre está deshecho, igual que yo y que todos los que te queremos.

¡Maldita la hora en que se te ocurrió ir allá!

Te prometo que en cuanto la policía nos quite el ojo de encima volveremos para traerte a casa. Solo resiste.

Te extraño, amigo…

Resiste.

Pedro.

Re: A tu propuesta de trabajo.
Pedro Chávez <elchavez@gmail.com>
Lunes 24/12/2018 05:15 AM
Para: Usted; jjmontalvomata83@live.com

Juan…

Tu padre ha dado con alguien que cree saber en dónde estás; es un comerciante que dice haberte vendido unas cobijas el día que llegaste. No solo dice recordarte a ti, también nos habló de un hombre espigado y atlético que llegó a su negocio meses antes que tú, preguntando por el pueblo de Las Higuerillas. Aquí va lo peor: dice que ese hombre se presentó como Alberto Quintana; ¡Alberto, como tu paciente! Y que le dijo que buscaba aquel pueblo porque de allí fue de donde recibió la última llamada de sus hermanas: dos senderistas profesionales que desaparecieron en el mes de junio.

Esto es grave, Juan. Y te mentiría si no te digo que estoy cagado de miedo, pero ni tu padre ni yo vamos a desistir. Hoy salimos para allá. Nos vamos a valer de las festividades para evadir el cerco que la policía mantiene en la zona.

Vamos a encontrarte.

Pedro.

Re: A tu propuesta de trabajo.
Juan Jesús Montalvo Mata
<jjmontalvomata83@live.com>

Jueves 24/12/2018 05:18 AM
Para: Usted; elchavez@gmail.com

Pedro, debo disculparme por mi ausencia; entre una cosa y otra he postergado el escribirte. Me apena mucho este mal entendido; los infortunios por los que tú y mi padre han pasado a consecuencia de mi último correo. Pero quiero decirte que yo estoy bien, ¡muy bien!, como no lo había estado nunca. Y también quiero informarte que he aceptado un nuevo proyecto, en otra zona de la Sierra. Sí, ya no me encuentro en Higuerillas; me mudé más hacia el norte. Quisiera poder contarte en qué consisten las actividades que estoy realizando, son muy interesantes, pero me temo que no las entenderías. Solo te diré que mis nuevas labores van a transformar el mundo, desde las entrañas.

Disfrut de las fiestas y dale un brazo a mi padre por m, ¿quires?

P d 78iscúlpame por haberte ech esperars en van; no

pddre to mar la cordfnacin que me ofreciste. E qu

enciysatra a alkhien ayu ms dame p edro , s sigo qu í

Victoriana

Ves una casa en ruinas y piensas que esa es la casa. ¿Por qué? No lo sabes, pero apuntas el teléfono de la inmobiliaria rotulado en una tabla que cuelga de la reja, y que además dice: *Urge venderse. Solo interesados serios.*

Llegas al departamento sin poder quitarte la imagen de la cabeza: casa estilo victoriano de dos plantas, ubicada en una zona decente, con chimenea, con torres en el techo, y ventanas, y arcos, y con una escalinata a la entrada y un vasto jardín muerto acotado por una reja que apenas se sostiene. Sacudes la cabeza y te dices que no debes comprarla. Luego buscas el papel en el que apuntaste el número y marcas. La persona que contesta no te da el precio. Te pide una oferta, haces una muy baja, él no la debate. Te da la impresión de que hubieras podido ofrecerle la mitad de la mitad y que él la habría aceptado de igual forma. Piensas que te quiere robar, que lo único en pie de aquella casa es la fachada, pero te das cuenta de que no es así cuatro días más tarde, cuando coincides con él para ver la propiedad.

Una vez ahí, la recorres con un desinterés falso. Preguntas sobre los cimientos, el hombre te contesta algo; preguntas sobre la tubería y los techos, él dice que son resistentes. Por último, preguntas acerca de los dueños anteriores, él se queda callado y tú pides firmar el contrato.

No sabes cómo es que te mudas tan rápido, en una semana ya estás instalado. Haces memoria y solo recuerdas el camión de mudanza llegando y yéndose.

Decides conservar los muebles que vienen con la casa. Algunos son de buen gusto, piensas. Tu primera mañana la dedicas a quitar el polvo. Comienzas por las molduras que hay en cada marco de cada ventana y puerta, las acaricias con la mirada, después con los dedos. Son ásperas, dices. Te sigues con el tapiz de los muros. Te acercas y alejas. Tratas de descifrar las figuras que contienen. ¿Son caminos? ¿Manchas? ¿Mapas? ¿Grietas?

Piensas que les falta brillo y anotas en tu lista mental: comprar brochas y barnices. Pasas a los muebles, a los sillones. Te detienes a apreciar el más gordo, lo tocas y la estática del velo polvoso que lo cubre te da un chispazo. Comprar cojines. La siguiente parada es la cocina. Todo parece estar bien, excepto el refrigerador, que no tiene clavija. Llama tu atención la ventana que está sobre el lavaplatos, la que apunta hacia el jardín. ¿Está rota? Respondes que sí en cuanto te acercas lo suficiente para ver el marco. Pasas de enfocarlo a mirar la silueta que hay frente a la casa, pegada a la cerca; las siluetas, mejor dicho. Piensas que son fisgones que quieren conocer al nuevo dueño, pero al ponerte las gafas descubres que son niños debatiéndose entre si brincar la cerca o abandonar tras ella su pelota anaranjada. Sales a la puerta principal y bajas la escalinata. Los tres niños te observan. Esperas que te pregunten tu nombre, que te digan el suyo o el de sus padres, o ¡bienvenido, señor!, pero lo único que te dicen es que quieren su pelota. La tomas y la pateas, sobrepasa la cerca. Los niños corren tras ella sin darte las gracias. Aprovechas que estás afuera y recorres el jardín sin anotar algo que sirva para reverdecerlo en tu "lista". Luego entras a la casa y duermes la siesta.

Tu segunda mañana llega acompañada por el chasquido de tus rodillas. Te levantas, bostezas. Caminas hacia la ventana y ves el nogal que se arrincona en el patio trasero. Piensas que no tarda en desanclar sus raíces y mudarse al otro lado de la calle, en donde los prados son vivos. ¿Por qué piensas esto? No lo sabes. Lo que sí sabes es que estás más cansado que ayer. La fatiga es tal que recuerdas tus años en las vías, los que te dejaron una jubilación temprana, hernias y artritis. Y los que apartaron de ti toda posibilidad de sentar cabeza y de tener familia. Por eso estás solo, reumático y artrítico, disfrutando de tu nueva casa. ¡Solo!, te dices.

Para el mediodía llega el hombre de la línea telefónica. Monta el cableado en minutos y se despide sin siquiera pedirte que firmes por el servicio. Más tarde aparece el entregador de la tienda departamental. Baja las pinturas, los barnices, las brochas y los rodillos, las lijas… en fin, todo lo que pediste a través de tu nueva línea telefónica. Piensas decirle al joven de las mercancías que te ayude con las mejoras a cambio de unos pesos. Pero antes de que pronuncies una palabra, él toma los billetes, te deja la nota, cruza la puerta y corre hacia su camioneta. Bueno, comparado con cambiar los durmientes en las vías, esto es pan comido, te dices.

Comienzas por la cocina. Desmontas el marco astillado de la ventana y cambias los cristales. Te sigues con la pintura y el barniz reseco de los marcos y las puertas de la primera planta. Luego de un aperitivo y de un baño, te tiras en la cama pasadas las seis de la tarde. Entre sueños escuchas chasquidos y crujidos.

Ya es de mañana. Te despierta el dolor del cuerpo y la sed. Vas a la cocina y te sirves el agua que queda en el garrafón. Comprar agua, será la primera anotación del día. La segunda: reparar el refrigerador, comprar la clavija. Luego de mascar algo que el lunes pasado fue un pan, agregas a los apuntes: comprar despensa. Hecho esto, comienzas con las labores. Te diriges a la sala, buscas las lijas y las brochas. ¿En dónde me quedé?, te preguntas mientras te rascas la cabeza y giras hacia el marco de la puerta que separa la sala del corredor. Las lijas y las brochas, y sientes que hasta los calzones, se te caen al piso. ¡No es posible! Caminas hacia el marco que ayer te tomó media jornada restaurar, y ves, primero con los dedos y luego con los ojos, que no hay rastro de tu trabajo, que el marco luce agrietado y rasposo, tanto como el día de la mudanza. Extiendes las manos frente a ti. Notas los raspones y los residuos de madera y barniz seco incrustados en las uñas. Sí, lo hice. Constatas tu aseveración revisando lijas y brochas. Ellas también dicen que lo hiciste, que lo hicieron, pues están gastadas y sucias. Caminas hacia los otros dos marcos, de allí pasas a la ventana de la cocina. No es posible, repites. Sí lo es. Los vidrios que cambiaste y la reparación del marco no figuran. Sientes que los calzones se te caen de nuevo y que esta vez se llevan al suelo también tu dentadura.

Pero… Lo que iban a ser tus reflexiones se ven interrumpidas por un perro que recorre el jardín. Limpias con la mano uno de los vidrios que está en pie y ves al cuadrúpedo alzar la pata junto a la reja, luego lo ves cagar en el pasto seco. Despúes notas que el can no deja de mirar hacia la escalinata de la entrada. ¡No, pinche perro! Corres hacia la puerta. Antes de abrirla escuchas un chillido; la abres y no das con el animal. Sales de la casa y revisas la escalinata. Una cortinilla picosa, a manera de pelusa, te irrita la nariz, también la garganta, pero del perro no hay nada. Toses y caminas al centro del jardín, silbas. Nada. Te giras y encuentras un puñado de flores amarillas. No estaban allí. Te acercas a ellas, las ves abrirse y girar con dirección al sol. No estaban allí, recalcas.

Has pedido la despensa y la clavija del refrigerador, y ha llegado la despensa. Has conectado la manguera de jardín a una llave escondida al filo de la propiedad y con ella has regado las nuevas flores; te parece que han crecido bien y rápido, muy rápido. Has tomado una silla del comedor y te has sentado al frente de los marcos que se negaron a rejuvenecer con tu trabajo, y tras observarlos y meditar por horas sobre qué pasó con ellos, no has encontrado la respuesta. Los lijaré de nuevo, te dices. Mañana. Regresas la silla al comedor y aprovechas el viaje para prepararte una torta. Buscas de entre la mudanza el radio que ganaste en la rifa navideña para pensionados del ferrocarril. ¡Un pinche radio!, pensaste entonces. Lo conectas al enchufe que hay al lado de la chimenea y te dispones a descansar. El gordo sillón es el elegido. Estás por desparramarte en él cuando unos toquidos suenan desde la puerta; te quedas en silencio, suenan otra vez acompañados por un ¡Buenas tardes!, entonado en voz de una mujer. Atiendes y piensas que es una señora agradable la que aparece tras la puerta. No ha venido sola, en las manos sostiene un pastel de manzana recién horneado, también trajo a un niño, es uno de los que corrió tras la pelota que volaste por la cerca. Él no lleva un pastel, lleva una pecera redonda con tres inquilinos brillantes dentro. Te ruborizas, le tiendes la mano a la mujer y la invitas a pasar; solo acepta el saludo a la par que te dice cosas amables: es un gusto conocerlo, hizo una buena compra, rostros nuevos le hacen bien al barrio... Tú tartamudeas lo primero que se te ocurre. Sabes que si ella fuera treinta años mayor o tú treintaicinco años menor le insistirías en que pasara, pero como no es el caso, aceptas de buena gana el pastel y lo llevas a la cocina mientras la mujer le dice al niño que deje la pecera en la mesita que hay en el corredor. Observas de reojo las negativas del pequeño por entrar a la casa, y el pellizco con el que su madre lo convence de hacerlo. De regreso en la puerta agradeces la visita, les pides que no sea la última. La mujer sonríe. Se despide con un cumplido, esta vez hacia las flores que hay en el jardín. Está haciendo un buen trabajo con eso, siga así, guarda silencio unos segundos y agrega: En vida mi esposo amaba las flores.

Te recargas en el marco y la ves bajar los escalones, cruzar el jardín y la reja, y después perderse en la acera de enfrente con el niño brincoteándole por delante. Antes de que entres a la casa ves también a una jovencita caminando a media calle con correa en mano. La escuchas gritar un nombre: ¡Nube!, y la escuchas silbar. También ves cómo se asoma a los jardines y cocheras de cada casa, cómo se tira al piso para revisar bajo los autos y volver a gritar: ¡Nube!

No recuerdas en qué momento subiste a la alcoba. Al despertar solo recuerdas el pastel de manzana, y las caderas de la mujer que lo trajo, contoneándose de un lado a otro al bajar por la escalera. La imagen te genera un calor en la entrepierna, diminuto en comparación con la punzada que te atraviesa el pecho. Envejecer es una mierda, dices.

Vas al baño, defecas con ardor y dolor, y con más flatulencias que sustancia. Te lavas los dientes. Bajas las escaleras notando el crujido de tus tobillos por encima del rechinar de la madera, cruzas la sala. Cuando estás por entrar a la cocina retrocedes y te quedas inerte a medio corredor. Miras la mesita que hay en él. ¿Qué es esto? Caminas hacia a ella. La misma cantidad de veces que Pedro negó a Jesús, tú retractas la mano antes de atreverte a tocarla. ¿Qué es esto? La mesita del corredor, uno de los muebles que venía con la casa, está reluciente; sobresale de los tonos muertos de la madera del pasillo y de la puerta. La acaricias. Parece seda. Aunque nunca has tocado la seda sabes que así es como debe sentirse. Te acuclillas frente a ella y notas sus detalles. Ahora, sin polvo ni tallones, descubres que es de caoba. La veta enaltecida por el barniz te lo revela. ¿Quién hizo esto? Su perfecta base ovalada te hipnotiza, y cuando te liberas de su encanto el tridente curvado que tiene por patas y el discreto cajoncillo con su chapetón al centro te emboban otro rato. Abres el cajón. La sensación suave de la corredera te eriza los vellos del brazo. Dentro encuentras un par de fotografías, las tomas. En una de ellas, la que está en blanco y negro, figura un hombre mayor al pie de la escalinata de la casa, de tu casa. Tanto el hombre como la escalinata, y la casa en general, apenas se sostienen. Es antigua, piensas mientras la tallas con la uña. ¿Cuán antigua es? La segunda fotografía también es del frente de la casa, y también muestra a un hombre al pie de la escalinata; a un joven buen mozo y sonriente. Se ve feliz, endemoniadamente feliz. Y la casa se ve nueva, relucientemente nueva. ¿Por qué no te ves feliz?, te preguntas al pasear la yema del pulgar sobre el rostro del hombre joven. Porque eres viejo, respondes y echas un vistazo a la primera fotografía. Asientes a tus pensamientos al ver al hombre encorvado, diminuto, que se halla en las escaleras. Y ningún viejo es feliz. Arrojas las fotografías al cajón y centras la atención en el recipiente que hay sobre el mueble. Te incorporas. Recuerdas que la pecera venía con el pastel, no en las manos gentiles de la mujer de caderas anchas, sino en unas más pequeñas. También recuerdas que contenía agua y tres figuras que en ella se movían inquietas. Pero del agua no hay ni gota, y de los peces solo quedan las escamas y las aletas, mismas que se hacen sal en cuanto las tocas. Examinas el recipiente; no ves fisura en él.

¿Quién hizo esto? ¿Alguien entró a la casa? Piensas en los inquilinos anteriores; en el hombre joven de la foto. Revives la plática con el de bienes raíces, recuerdas que dijo algo sobre los cimientos y las tuberías, también sobre los techos: Son sólidos, o algo así. Pero ¿qué diablos dijo sobre los anteriores dueños?, no lo recuerdas. Sientes que te falta el aire. Dejas la pecera en el filo de la mesa y caminas hacia la puerta, sales de la casa y, al ver el jardín, no solo te falta el aire, también regresa a tu pecho la punzada matutina. Las piernas te flaquean al grado de tener que apoyarte del pórtico. ¿Qué es esto? ¿Quién lo hizo? ¿Quieren desquiciarte? ¿Por qué? Tu atención se centra en el pasto que cubre el jardín, y en las flores, que han crecido en la base de la cerca, y en la cerca, que de pronto ya no se ve tan oxidada ni tan chueca. Te dejas caer en los escalones. Aun sentado, debes apoyar las manos en el piso para no desfallecer. Está haciendo un buen trabajo con eso, siga así, resuena en tus oídos, y la imagen de la mujer que pare niños de piel blanca y ojos amielados aparece en tu mente. Tras un buen rato echado en los escalones decides ponerte en pie. Tus dedos chocan con algo que hay en el borde del último escalón. Metes la mano en la ranura y das con lo que parece ser un cintillo, tiras de él, en el cuarto jalón logras sacarlo; se trata de un collar para mascotas y "NUBE", se lee al centro de la placa. Examinas la ranura. Se te antoja imposible que por esa grieta haya pasado algo más gordo que una lagartija. Bajas los escalones y revisas los costados, solo encuentras el fresco tapiz verde y multitud de ramilletes guindas y lilas. Una idea cruza por tu cabeza. ¡Es la casa!, y te preguntas al instante: ¿Qué, es la casa qué?

La semana concluye, y dos semanas más después, y así se va mayo. Y tú tratas de ignorar lo que ha sucedido desde entonces, pero no puedes hacerlo. Las cosas en la casa han sido normales; normales en el sentido de que cada reparación que has hecho no existe a la mañana siguiente, normales por el hecho de que las plantas del jardín comenzaron a morirse, al igual que el pasto, a pesar de que lo habías regado a diario y de que vertiste en él cada fertilizante que te sugirieron en la tienda departamental. Han sido días normales, porque amaneciste más cansado cada vez, aun y cuando hubo jornadas en las que no abandonaste la cama. En fin, las semanas han sido normales, y eso es lo que te preocupa. Es la casa, te dices. Algo está mal con la casa, por eso el precio, por eso la urgencia de venderla; por eso no te dijeron nada de los dueños anteriores y por eso nadie contestó el teléfono cuando llamaste al vendedor la semana pasada y la anterior. ¡Sí, es la casa!, sentencias.

Te pones de pie y haces tu rutina de todas las mañanas, excepto que decides tomar el desayuno en tu cuarto para mirar a través de la ventana lo que queda de pasto en el patio trasero. Casi llegaba al nogal, te lamentas. Casi llegaba a opacar los jardines del otro lado de la calle. Pasas el trago amargo con una cucharada de cereal. Mascas la fibra, que aun bañada en leche es áspera y seca. Es la casa, y lo sabes. Algo hay con la casa. ¿Pero qué es?, sigues con las cavilaciones, sin dejar de pensar en el perro del collar y en los peces, y en la joven que se tiraba al piso y buscaba bajo los autos; y en el pellizco a cargo de manos gentiles. Y en la mesita del corredor, que comienza a atenuarse, a tomar el mismo tono que la pared y la puerta, que el resto de la casa, que tus ojos. ¿Por dónde empiezo?, ¿qué busco? Sigues mirando por la ventana. Algo. ¿Algo como qué? Te rascas la cabeza y llevas a la boca otra cucharada de cereal. Algo que lo aclare todo, o que al menos me diga por dónde empezar. ¿Empezar a qué? No lo sabes. No lo sé. Tragas el bocado que se ha vuelto pastoso y frunces el ceño. Miras hacia el horizonte, luego a la próxima cucharada que estás por tragar. Después miras a la bandada de pájaros que surca el aire y te llega una idea. Abres la ventana y colocas sobre el marco un puñito de cereal. Algunas hojuelas se escurren por la moldura y van a parar al techo de compás que adorna la planta baja; así que depositas una cucharada más. Al diablo, dices. Bocabajeas el plato entero sobre el marco. Luego cierras la ventana y corres la cortina. ¿Y ahora?, te dices. A esperar.

Durante los primeros cinco minutos mantienes el entusiasmo, pero mengua para los siguientes diez y muere para los últimos quince. Cierto, tu corazón se acelera cada que las aves revolotean cerca de la casa, pero se enfría cuando se alejan sin hacer parada. Me estoy volviendo loco. Ahora no solo soy un viejo ermitaño y necio, también un loco como aquel que tiraba habichuelas por la ventana, solo que tú lanzas cereales. Te sientas y observas. Habrías seguido con la lista de calificativos de no ser por los pájaros que en ese momento aterrizan al pie de la ventana, y que luego de unos saltitos y aleteos bajan el pico y comienzan a comer. Al par de gorriones que llegaron primero se le suman tres más. Sonríes al ver que en pocos segundos rebasan la docena. El festín es bullicioso. Las aves se pasean por la fachada como si hubieran descubierto una nueva isla. Un grupo emplumado se aventura a explorar los relieves de la primera planta y da con las hojuelas que llegaron al techo de compás. El resto no tarda en descubrir el botín y se abalanza hacia allá tirando picotazos, y entonces sucede.

Pasa tan rápido y es tan increíble que piensas que no lo viste, que no pasó, que las aves retomaron el vuelo con tal urgencia que se esfumaron en un parpadeo. Pero lo que viste es real y lo sabes. Quieres correr, abandonar la casa y en el acto echarle un cerillo, pero el mareo te lo impide, además de las piernas. Lo vi, lo vi. Respaldas tu sentencia con las plumas que flotan por el aire, y con la sangre salpicada en las baldosas. ¿Qué diablos es esta casa?, te preguntas deseando estar en un sueño. Pero estás sentado tras la ventana, temblando, despierto. ¿Es un demonio?, ¿vivo y duermo dentro de un demonio que tiene lenguas en lugar de tejas? Una tanda de flatulencias acompaña tu siguiente pensamiento. ¿También va a comerme? Quizás ya ha comenzado a hacerlo, respondes al tiempo que miras la cama: te parece una boca gigante, sonriente. Bajo tus pies se escucha correr un chorro que entró por la base de la ventana, es un ruido similar al que hace quien bebe con popote. El sorbido silencia tu cabeza. Lo sigues con esfuerzos mientras recorre el piso de la habitación y llega a las escaleras. Ya no solo suena, también pinta una vena roja en el suelo. Bajas tras ella y te detienes en donde ella lo hace, frente al muro principal de la sala. En otras circunstancias te habría horrorizado ver que el muro cobraba vida, hoy no; que en él aparecían trazos o, mejor dicho, que se recalcaban los que allí había, pues lo que pensaste como fisuras en los acabados se devela como una ruta, como un mapa de la casa que te maravilla con sus acotaciones. No solo lo aprecias, sino que valiéndote de libreta y lápiz, copias cada uno de sus detalles. Al hacerlo algo pareces entender, sobre todo cuando ves los círculos dibujados en ciertas partes de la casa. En la entrada, a la altura de la escalinata del pórtico; en el corredor, justo donde está la mesita de caoba; y en la zona que le corresponde a la ventana del techo compás de la planta baja. Aunque estos no son los únicos. Cuentas y recuentas cada uno de los doce círculos que figuran en la pared usando la goma masticada del lápiz como mira. Lo haces una última vez. Doce. Doce, decir el número en voz alta te reconforta sin que sepas por qué. Doce. Te pones de pie y caminas hacia la cocina, sales de ahí con las manos pegadas a la nuca y rodeas los sillones de la sala. ¿Qué diablos es esta casa?, sientes un mareo. Piensas sentarte en uno de los sillones, en el gordo. ¿Qué pinches es la casa?, pero al verlo recuerdas que le corresponde un gran círculo en el mapa y te alejas corriendo. Llegas a la puerta, la abres y sales. Frente a la reja, sujetas la aldaba, la sueltas, la tomas otra vez, la sueltas, te giras y piensas… Si te hubiera querido comer, ya lo habría hecho. ¿Entonces qué quiere? Te tranquilizas. Regresas a la casa, jalas una silla de la cocina y te sientas frente al mapa a la par que te aclaras la garganta. Te sientes estúpido. Señora casa, dices. No, piensas. ¿Qué pendejada estoy haciendo? Señor mapa, continúas. No, así no, te abofeteas y te pones de pie. La sensación de que eres un estúpido crece, pero se te pasa con la idea de que es tu primera experiencia hablando con casas y mapas, o con lo que haya dentro de estos. Comienzas otra vez y una más; lo haces mejor, y mucho mejor para el octavo intento, pero la casa, el mapa, o lo que hay dentro de estos, no te dice nada. A lo más que llega es a avivar los círculos, a hacerlos destellar como foquitos navideños, o eso te parece. ¿Qué quieres? ¡Qué eres! Te jalas los pelos y subes al cuarto gritando. Caminas hacia la ventana, luego hacia el baño. Te mojas la cara, te ves al espejo y piensas que te has vuelto loco. Un vejete necio senil paranoico ¡y loco! Luego te serenas, te serenas y repasas los hechos, todo, desde el día que apuntaste el teléfono y llamaste al vendedor hasta dos minutos antes de haber entrado al baño. Bajas la mirada y comienzas a asentir. Sí, sí, piensas mientras caminas hacia el teléfono, lo tomas y marcas a la tienda departamental. Quiero tres costales de croquetas para perro y dos para gato. De las que más se venden.

Si no estuvieras esperando el pedido saldrías a hacerte el tonto a la entrada, caminarías hacia la reja y le agradecerías a la mujer de caderas anchas por haber mandado a su muchacho cada semana a dejarte un postre. Correrías a la vecina con la que platica y la invitarías a pasar. Le contarías de tus años dorados con la esperanza de que, al escuchar tus proezas en las vías, abriera las piernas y te dejara perderte al centro de ellas. Para cuando esta imagen llega y te llena del valor necesario para salir y hablarle, también lo ha hecho el pedido en manos del repartidor de siempre. Le pides que deje los costales en el pasillo argumentando que se los llevarán, que son para un donativo. Él apenas te mira, toma el pago y hace lo suyo: sale corriendo. Una vez solo, pasas a la cocina. Tomas varias charolas y un cuchillo, abres los costales y viertes en los recipientes una porción de croquetas. Comienzas por las de perro. Tomas la libreta y analizas las marcas. Decides poner tres tazones: uno en la escalinata de la entrada, en donde encontraste el collar de Nube; otro bajo el nogal, allí se aprecia un círculo en el mapa. El último lo colocas en la esquina norte de la reja, la zona más alejada de la finca. También allí palpitaba un "foquito", te dices. Pasas a las croquetas para gato, su olor a atún es penetrante. Colocas un tazón en el pórtico trasero. Después viertes un puño sobre el tejado de compás valiéndote de la técnica que usaste con las hojuelas. Las croquetas se mezclan bien con las manchas marrones del tejado. Pasas al estudio que apunta hacia la vivienda de junto. En la moldura de la ventana colocas otro recipiente. Concluida la labor entras a la finca "olvidando" cerrar la reja. Listo, te dices.

La noche comienza contigo sentado detrás de una ventana, la de la sala. Desde ahí puedes ver la entrada, la escalinata del pórtico y la esquina más lejana de la propiedad. Intuyes que no tardarán en llegar los canes. ¿Por qué? Porque has visto a varios deambular por la acera y sabes que pronto se acabarán las migas que regaste por la calle y buscarán más. Y encontrarán más, sentencias. ¡Sí!, te pones de pie al instante: un perro lanudo cruza la entrada y se interna al jardín. Olfatea la tierra, echa una meada y sigue el rastro crujiente. Te muerdes las uñas, te tallas los ojos. Con el antebrazo limpias el sudor que se aviva en tu frente y agitando la playera te refrescas el pecho y los sobacos. Pero tu emoción se detiene al tiempo que el perro lo hace. Baja las orejas y gime; de pronto mete la cola entre las patas y se congela a medio jardín sin dejar de ver hacia la casa. ¡Vamos!, piensas. Te dan ganas de salir y silbarle, de golpear una cacerola desde la puerta al ver que no se mueve, de gritarle ¡Ven perrito, ven, ayúdame a descubrir qué es esta puta casa! Pero no hay necesidad: un par de perros, más pequeños y lampiños, entran al jardín con las narices a ras de suelo y las colas por el aire. Al verlos, el lanudo se descongela y retoma el festín con tal urgencia que no tarda en llegar a la escalinata y dar con el tazón de croquetas. Tus latidos se aceleran. El perro hunde la cabeza en la charola y se retaca el hocico antes de que los otros dos lleguen por su parte. Cuando lo hacen se da la trifulca. En un segundo los tres perros ruedan por los escalones, gruñen y se tiran mordidas, muestran los dientes, y luego… chillan, braman, intentan huir, pero son compactados hasta que sus huesos y vísceras se funden haciendo imperceptible la diferencia de colores, de tamaños y de pelajes. Los apéndices que los rodean los han convertido en un solo pellejo que es succionado desde abajo. No eres capaz de decir ni de pensar nada, en ese instante has olvidado cómo hacerlo. A lo más que llegas es a sujetarte la entrepierna, a oprimirte el falo para evitar que se vacíe tu vejiga. Te cuesta hacerlo al ver lo que se yergue frente a ti, en el filo de la escalinata. Al ver cómo aquello engulle el bocado carnoso. La extremidad más grande no voltea a verte. El pequeño, el que podrías confundir con una serpiente de agua o con una lombriz muy desarrollada, lo hace por él; aunque no te consta que lo que le sobresale en la cresta y se ha girado hacia ti sea un ojo. La escena termina abruptamente. Para cuando las palabras regresan a tu cabeza solo una cortina de pelos que flota por el aire queda como remanente. Te flaquean las piernas y das contra el piso. Tu vejiga cede, y sobre los orines en los que te arrastras vomitas algo espeso y amargo. Una vez que logras rehacerte, caminas hacia el costal y sacas otro puño de croquetas. Cálmate, te dices. Respira. Abres la puerta y rellenas el tazón. La noche será larga.

Desearás estar en otro lado; hace treinta años, reparando vías, o a medio cerro, o mejor, cabalgando sobre la mujer de manos gentiles, pero no allí. Desearás no mirar, apartarte de la ventana y correr todas las cortinas. Evitar las sombras que se proyectan en los muros, sombras cuadrúpedas y conocidas primero, amorfas y perturbadoras después. Lo lograrás con esfuerzo. De lo que no podrás escapar, ni esa noche ni nunca, será de los lamentos, de los chillidos y maullidos, del crujir de huesos y de los sorbidos. De los ruidos que recorren la casa. Esa sinfonía se quedará contigo, te abrazará por siempre como tú haces con la almohada que te acompaña sobre el piso.

Despiertas antes del amanecer enroscado en una esquina, con una pregunta en la cabeza. ¿Terminó? Te pones de pie y caminas hacia la ventana, de allí pasas al estudio y al cuarto. Dale tiempo, dices al ver que no ha pasado nada. Buscas una bolsa y tiras lo que llevas puesto, después te metes a bañar. El agua te reconforta. Notas que sale cristalina y caliente desde el primer chorro, tus articulaciones lo agradecen. También notas que los quejidos de la tubería han dejado de escucharse. Es la casa. Algo ha hecho la casa, te dices. Disfrutas la ducha. Sales de la regadera pasada una hora. Te acicalas y bajas a desayunar. Pones los trastes en el lavaplatos y te congelas allí, frente a la ventana, al ver la nueva vida que habita en tu jardín. El césped verde y brillante es lo que menos te impresiona, incluso los girasoles, que ahora abundan, apenas llaman tu atención; son eclipsados por las gardenias y las margaritas, las que a su vez palidecen junto a los tulipanes, las petunias y los rosales atestados de mariposas y otros insectos voladores. ¿Cómo explicarás esto? ¡A quién le importa! Sacudes la cabeza y decides salir. Miras el costado de la casa: todo ese muro ha rejuvenecido. Tus ojos nunca vieron tales acabados. Quieres subirte a la escalera y palpar los relieves, las molduras, pero tus ganas por ver el patio son mayores. Rodeas la propiedad: el patio está lleno de la misma flora que el del frente, solo que enaltecido con un nogal que se curva por lo frondoso de sus ramas. Ahora son los arbustos de las casas vecinas los que quieren mudarse a tu patio trasero, piensas, después ríes. Tu mirada se pierde entre el ir y venir de las ramas mecidas por el viento, y en los jóvenes frutos que prometen dar una buena cosecha para los meses siguientes. Es la casa. Algo ha hecho la casa. Volteas y aprecias la fachada trasera. Podrías pasar horas señalando los retoques, las mejoras, pero tu cerebro te ahorra la labor y lo simplifica en una frase: Todo es relucientemente nuevo.

Los días venideros los gastas analizando el mapa y comprobando tus teorías. Poco a poco entiendes lo que cada rasgo significa. Comprendes que cada uno de los doce círculos es una boca, y que debes alimentarla; y que la casa, a cambio, realiza las mejoras en cada zona. Por ejemplo, un día después de que colocaste la jaula con canarios dentro de la tina del baño de la planta baja, la casa reparó los azulejos estrellados, el lavabo y el espejo de ese baño y la puerta y la lámpara; tú solo debiste recoger las plumas y retirar la jaula. El jueves pasado, cuando dejaste sobre la tarja de la cocina la caja llena con tortugas, de las cuales minutos después levantaste solo los caparazones, se reparó la ventana que da al jardín, los cajones de la cocina integral y la alacena. Y al fin funcionó el refrigerador al crecerle una clavija por cola, la clavija que nunca te enviaron de la tienda departamental. Qué curioso que puedan mandarte todo tipo de mascotas y no una simple clavija del calibre diez, dijiste entonces. A veces canarios, a veces peces, y otras tantas hámsteres o tortugas, o ambos, cualquier cosa que respire, pero que no chille, que no chille tanto.

Tú mismo te sorprendes del afán que le pones a cada jornada y del gusto que le has tomado a la tarea. Cierto, los primeros días fueron difíciles, aterradores, pero como todo, el cuero y la conciencia se hacen a la horma, y ésta te ajusta al pelo.

Dentro de tus descubrimientos más recientes figuran el que la casa solo come carne viva. También el que no necesita comer diario, ni comer mucho. Con el pasar de las semanas has notado que su ingesta va a la baja, y que el estado de la casa se mantiene. Ahora tus jornadas las dedicas a realizar las proyecciones de alimentos que debes brindar por área, y a la periodicidad de los mismos. Registras todo en una tabla que repasas y acrecentas a diario. Tus proyecciones son perfectas, lo sabes por el estado inmaculado en el que se encuentra la casa, y porque ya no desperdicias aperitivos.

El mes de julio ha llegado y con él la temporada de nueces. Pero esto te pasa desapercibido. Lo que ocupa tu atención esa primera mañana de julio, son los círculos que han aparecido en el muro; son dos, pequeños y verdes. Y están ubicados en el área que corresponde a tu cuarto. Corres y revisas la habitación, buscas algo que se asemeje a las otras bocas. Lo encuentras bajo la alfombra, al pie de tu cama. Son dos orificios en la madera, no más, solo un par de agujeros en los que cabrían tus manos o tus pies si tuvieras la idea de meterlos allí. Piensa, te dices. Bajas a la bodega y tomas a uno de los hámsteres, subes a prisa y al llegar a los orificios arrojas al roedor sin miramientos. Nada. Te rascas la nuca, bajas por un canario y repites la maniobra. Nada. Luego vas por un pez. Lo mismo. Entonces te diriges a la sala y contemplas las marcas; lees tus apuntes y te rascas la cabeza. Analizas el muro y notas que los únicos círculos que parpadean son los que recién descubriste, y el que está ubicado en la sala, en el sillón más gordo. ¡Ya sé! Vuelves a la bodega y tomas una de las jaulas, subes y la pones sobre el sillón, luego esperas. Nada. ¿Por qué? Vuelves a tus apuntes. Notas la leyenda que has escrito referente a la sala: ¿El sillón no come? Entonces recuerdas que la boca que hay en el respaldo del sillón escasamente ha engullido algo. También recuerdas lo desagradable de aquellas escenas; las borras golpeteándote la frente y te pones a inventar hipótesis hasta que das con una que te hace sentido. Tiene que ver con los días posteriores a la mudanza, con la chispa que sacó el mueble cuando acercaste la mano. Luego de pensarlo y, con las piernas guangas, te acercas al sillón, posas la mano en lo más alto del respaldo y comienzas a recorrerlo hasta quedar a unos centímetros de donde está el orificio. El respaldo vibra y la boca comienza a abrirse. Te obligas a no retirar los dedos de la tela, que para esas alturas se ve y se siente como un cuero escamoso, y avanzas un poco más. La boca se abre otro tanto. Ves en su interior la ventosa que tiene por lengua, agazapada y minúscula en comparación con su verdadero tamaño, el que viste la última vez que comió. Acercas la mano hasta que con la punta de los dedos palpas los labios del orificio. Te da la impresión de que el mismo esfuerzo que tú haces por no apartar la mano y salir corriendo es el que hace el sillón por no desplegar la lengua y succionarte con la ventosa. Dejas de tentar tu suerte y te retiras lento, y lento el mueble cierra el orificio. Has comprobado tu hipótesis: quiere otro tipo de carne. Luego de darle vueltas al asunto, eliges la opción que desde un principio estuvo en tu cabeza. Llamas a la tienda departamental y pides cualquier cosa.

Desde la ventana de la cocina ves llegar la camioneta. El repartidor de siempre baja de la cabina y se recarga en el cofre sin dejar de ver hacia la casa. Se quita la gorra y se rasca la frente, como debatiéndose entre descargar la mercancía y cruzar la reja o no. ¿Sospecha? Sería lógico si lo hiciera, te dices. Durante las últimas semanas no has dejado de comprar croquetas y mascotas. Él sin duda habrá notado que para cada nueva entrega no hay rastros de las anteriores. ¿Qué hace este vejete con los animales?, pensará. Sí, de seguro que lo piensa, susurras. Lo ves atravesar el jardín y subir la escalinata. Es hora. Antes de abrirle colocas la paga en el asiento del sillón. Eso lo acercará lo suficiente, piensas.

Buena tarde. Has llegado pronto, dices con tu mejor voz y tu mejor rostro en cuanto abres la puerta. El joven te ignora. Pasa, déjalos donde siempre. El repartidor obedece y, luego de dejar los costales en el corredor, voltea hacia la mesa en donde acostumbras dejar la paga. Al no verla te interroga con los ojos y con los ojos le señalas el sillón. Toma de allí el pago, conserva el resto de propina. Pero algo malo debió hallar en tu mirada o en tu voz, o en tu postura, porque camina rumbo a la puerta en lugar de hacerlo hacia la sala. Joven, el pago. Olvidas el pago. El muchacho no se detiene. Es cortesía de la tienda, por las compras que ha hecho, responde desde el marco de la puerta. No estabas preparado para esto, te dices, y tratas de recomponerlo. Entonces toma la propina, te la mereces. Siempre has traído a tiempo la mercancía, y sin daños. No puedo; políticas de la empresa, responde. Tú te deshaces en cumplidos y argumentos en cuanto lo ves bajar por los escalones. Lo persigues tratando de igualarle el trote, suplicando que regrese, que tome el dinero. Pero para cuando tú llegas a la reja él ya ha encendido la camioneta, y antes de que puedas parártele enfrente ha pisado a fondo el acelerador y recorrido la cuadra. Zapateas el piso y aprietas los puños, te jalas los pelos y sigues zapateando la banqueta hasta que una voz te detiene. ¿Está bien, señor? Al girarte ves a una jovencita de pie, a media acera. ¿Se encuentra bien?, repite con voz amable, mirándote a los ojos. Sí, respondes. Es solo que… el repartidor me dio mal el cambio y… ya se fue. La chica sonríe. Antes de cruzar la calle te dirige una reverencia, y es ahí cuando la reconoces. ¿Tú eres quien estaba buscando a un perrito? La joven se ancla y gira con una expresión mestiza, entre sorpresa y tristeza. Sí, sí, soy yo… ¿Lo ha visto? Los segundos que tardas en responderle son tan eternos para ti como lo son para ella. No lo hagas, te dices. Es una niña. Sí, ayer por la noche entró un perrito a la casa, por el patio trasero. Era blanco y traía un collar que decía… ¿cómo decía? Volteas hacia ambos lados de la calle, y hacia el frente: no hay nadie mirando. Te tallas la barbilla, finges no recordar el nombre. ¡Nube!, mi perro se llama Nube, y es blanco. ¡Claro, Nube!, sí, sí, eso dice. ¿Usted lo tiene, puedo verlo, me lo regresa? Asientes. Ella corre a abrazarte con los ojos inundados.

Te lamentarás por lo que le sucederá a la niña, a Jazmín, como te dijo que se llamaba. Por haberla conducido a la casa con engaños. Por haberle mostrado el collar para convencerla de que entrara, argumentando que se lo quitaste a Nube para bañarlo. Por ofrecerle un vaso de agua y pedirle que se sentara en la sala a esperar a que trajeras de Dios sabe dónde a su querido perrito. Por ver que en cuanto tocó el mueble se abrió la boca, y de cómo expulsó la ventosa dentada que se extendió y la engulló en un instante. De cómo Jazmín se retorcía dentro de aquel costal carnoso que la fue chupando, disminuyéndola a nada.

Vomitas y te quejas, ruedas por el piso y lloras por lo que has hecho. Quizás te habrías arrojado tú también hacia la ventosa, de no ser por los destellos que salen del muro. Los círculos ubicados en la zona de tu cuarto resplandecen al tiempo que un sorbido recorre el piso de la primera planta, pintando una línea que va del sillón a las escaleras, y de allí a tu recámara. Corres a tu habitación y abres la puerta, caminas hacia los orificios: refulgen de un verde vivo. Te cuesta una eternidad entenderlo. Lo comprendes hasta que las imágenes de los hombres de las fotografías llegan a tu mente, cuando comparas los rasgos del anciano con los del hombre joven: la nariz, la frente, la misma pose de brazos cruzados. ¡Sí! Metes las manos y lo sientes. No sabes qué es, pero sabes que es bueno. Es bueno, al menos para mí, dices mientras te desvaneces.

Despiertas aturdido con varias imágenes repitiéndose en tu cabeza. Tratas de acomodarlas mientras te incorporas tallándote las palmas. ¿Cuánto tiempo pasó? Miras por la ventana. El sol está por ocultarse. Descansas unos minutos al filo de la cama. Te sobas la cadera y el hombro. Algo se siente diferente, piensas. Es la casa. Algo ha hecho la casa. Te pones de pie y pasas al baño. ¡Santa madre de Dios!, es lo único que puedes decir, y lo repites decenas de veces sin dejar de mirarte al espejo. Tu rostro no es tu rostro; lo es, pero al menos cinco, quizás diez años más joven. No hay bolsas bajo tus ojos, y tu piel se ha restirado, principalmente en la frente y en los párpados y en las comisuras de los labios, y en los mismos labios, que han tomado una textura húmeda y rosada, como los que recuerdas tenía la niña. Elevas la barbilla y notas el mismo efecto en el cuello y en la papada, también en la piel que hay debajo y detrás de las orejas. Ahora miras tus manos, las mueves, giras las muñecas, estiras y retraes los brazos. Casi no hay chasquidos, y sin duda no hay dolor. Es la casa. Algo ha hecho la casa, pero esta vez en ti. Bajas a la sala, buscas la libreta y, luego de hacer los apuntes correspondientes, te asomas por la ventana. Sabes que para estas alturas los padres de la niña ya la deben estar buscando. ¡Has matado a una niña!, te dices. ¡No he sido yo! ¡Ha sido la casa!

Pasan los días y tú te sientes mejor. Los nuevos bríos te permiten ir por las compras, claro, en la tienda del lado opuesto de la ciudad, para no tener que dar explicaciones sobre tu mejorada apariencia a algún repartidor que por casualidad llegaras a encontrarte.

A pesar de que la policía te visitó a diario por más de una semana, pues varios vecinos insistían en que el día que Jazmín desapareció paseaba por esa parte del vecindario, te fue bien en los interrogatorios. Además, descubriste algo nuevo: que la casa podía contenerse, ya que no devoró al policía que se sentó en el sillón, ni dio ningún destello en los muros, ni sorbió ni pintó. Incluso ignoró al par de perros que los uniformados llevaban, y que olisqueaban por todas partes. Desde entonces la rutina en la casa se ha vuelto más fácil. "Pan comido" como alguna vez dijiste. Ojalá que así de fácil fuese esfumar la idea que últimamente ha rondado tu cabeza. La que ha sido tan fuerte, que ya te ha hecho comprar los balones, los dulces y los chocolates.

Tuviste que esperar muchos días para que la oportunidad llegara, y lo hizo una tarde de agosto, cuando Jorgito, el hijo de Manos Gentiles, pasó frente a tu casa con rumbo a la panadería. Dos pájaros de un tiro, pensaste, haciendo a un lado la incertidumbre sobre por qué los anteriores dueños vendieron la casa si es que ofrecía tales bondades. Quizás no querían hacer esto. Quizás se negaron a alimentarla. Quizás se negaron a alimentarla y ellos terminaron siendo el alimento. Encoges los hombros y sentencias: el cuero y la conciencia se hacen a la horma, y ésta te ajusta al pelo.

El plan ya lo tenías listo. Saliste al jardín, abriste la reja y tras ella dejaste un balón; cinco pasos después, en dirección de la casa, colocaste una pelota, y otra más cuando contaste diez pasos y subiste la escalinata. Luego abriste la puerta de la casa, y en la mesita de caoba pusiste una charola repleta de dulces, y en la otra mesita, la que justo está frente al sillón, abriste una caja de chocolates.

Jorgito regresó por el mismo camino. En cuanto vio el balón no tuvo oportunidad, menos cuando entró y vio la pelota. Siguió así, recorriendo el jardín y acercándose a la casa, sin pensar en nada, sonriendo al no creer la suerte que tenía. Dudó en cruzar la puerta, pero tu invitación a

que pasara, como la que solías hacerle cada que aparecía
con los postres de su madre, hizo que entrara de un salto.
Tomó dos puños de dulces y se los echó en los bolsillos;
cuando iba por el tercero le señalaste los chocolates. Su
rostro brilló, tal cual lo hicieron las marcas en el mapa
cuando se acercó lo suficiente al mueble. No te obligaste
a ver. Corriste hacia la habitación y, apenas los orificios
comenzaron a refulgir, clavaste las manos y no las sacaste
de ahí hasta que el destello se hubo terminado.

A la mañana siguiente la agitación en la calle no se hace
esperar. Los grupitos de vecinos se mezclan con los
uniformados presentes en la zona. Tú te levantas y bajas
a desayunar. Escuchas a lo lejos el chillido de la reja y te
pones de pie con agilidad. Para cuando llaman a la puerta
te has mojado el cabello y has revisado tu aliento
soplando contra tu palma enconchada. ¿Sí?, dices
disimulando el asombro al escuchar tu nueva voz, gruesa
y vigorosa. Finges no conocer a la mujer de tez blanca y
caderas anchas que se encuentra frente a ti, acompañada

por un policía que atiende el radio. Disculpe, dice. Vengo a buscar al señor que vive en la casa. Manos Gentiles guarda silencio un momento y agacha el rostro. Lo siento, he olvidado su nombre, agrega apenada. Seguro busca a mi abuelo Tomás, respondes ensanchando el pecho. Ella asiente. No se encuentra. Salió de viaje. No regresará pronto. La mujer voltea a ver al oficial, luego te mira y rompe en llanto. ¿Qué te pasa? ¿Estás bien?, dices ofreciéndole los brazos al ver que está por desfallecer. La sujetas con firmeza. Tienes la impresión de que podrías sostenerla con una mano. Mi hijo, estoy buscando a mi hijo, guardas silencio y ella continúa: Desapareció ayer. Él solía visitar a tu abuelo. Entiendo, dices sin dejar de sujetarla. ¿Y cómo puedo ayudarte? Es el policía quien responde: Necesitamos revisar la casa. Tú aceptas con el mejor de los humores. No solo eso, le ofreces a la mujer que llora en tus brazos todo el apoyo a tu alcance. Ella se echa para atrás y te mira. Algo encuentra en tus ojos amielados que la apacigua y la reconforta. Tú sabes qué es, pero te jurarás en ese instante que el secreto te lo llevarás a la tumba. Si es que alguna vez mueres.

Agradecimiento del Autor

Si has llegado a esta página, antes que cualquier otra cosa te
quiero decir: ¡Gracias!

¡GRACIAS POR LA OPORTUNIDAD QUE LE DISTE A ESTA
OBRA; QUE ME DISTE A MÍ!

Espero que cada minuto invertido en la lectura de estos siete
cuentos se te haya retribuido *con creces*. Espero al menos que
alguna frase, o que algún personaje, perdure los suficiente en tu
memoria para saltar en la conversación cuando alguien hable de
literatura de terror, de literatura negra o extraña. Que de vez en
cuando figuren en tus sueños la casa del "viejo" Tomás o la
habitación de Susana. La plaza de San Pedro o un colorido
programa infantil en donde dos peluches se lancen pasteles
mientras reciten las tablas de multiplicar. Pero lo que más deseo,
es que no dejes de maravillarte con la literatura y que le brindes
la oportunidad de acompañarte en tus paseos, tardes y noches
lluviosas, a nuevas historias. Y de nuevo, por haberlo hecho así
con este libro: ¡Gracias!

JJ MASON